Sonya
ソーニャ文庫

のろいがみ

丸木文華

JN131345

イースト・プレス

contents

——遊びをせんとや生まれけむ、戯《たわむ》れせんとや生まれけん——

女が琵琶《びわ》を弾きながら歌っている。

裸身に薄絹を羽織っただけのなまめかしい姿である。白粉や紅は剝《は》げ落ちていたが、仄赤い灯りに照らされた横顔はそれでも美しい。

女の前に寝転んだ男は、紫檀《したん》の脇息《きょうそく》にもたれ、金色の盃《さかずき》で酒を飲みながら歌を聞いている。豪奢《ごうしゃ》な金糸の刺繍《ししゅう》の施された派手な衣を半ば脱ぎ、毛深い胸を情事の汗に濡らしてうつらうつらと夢現《ゆめうつつ》の様子だ。

女の歌を聞いているのは男だけではなかった。男の後ろで、黒々とした蛇《へび》も静かにそれに耳を傾けている。

人とは、面白きものよ。遊ぶために生まれるか。

興味深い、と思ったが、その思考はすぐ溶けるように消える。

蛇に人の心はわからぬ。わかってどうする、という虚《うつ》ろがある。

余計な時間であった、と蛇は仕事に取り掛かる。寝転んだ男の首を強《したた》かに嚙んだ。

嚙み跡は残らない。男に蛇の姿は見えぬ。

だが次第に毒は体を巡り、音も立てずに息絶えた。

——遊ぶ子どもの声聞けば、我が身さえこそ動《ゆる》がるれ——

女は気づかず歌っている。

蛇はしばらくその場に留まり歌を聞き、やがて煙のように掻き消えた。

乱波《らっぱ》と囚われの子

風を感じる。土を感じる。山を、森を、水を。

月のない闇夜。静《シズ》は黒装束と静寂を纏《まと》い、さる大名の城に忍び込んでいた。城とその周辺の見取り図を作る依頼のためだ。

枯れ木も寒々しい真冬であるのに、薄靄《うすもや》漂う春のような、奇妙に生ぬるい日であった。暗闇の中に点々と城を守る篝火《かがりび》ばかりが赤く灯っている。静は蜘蛛《くも》のようにスイスイと石垣を登り、塀を乗り越え、あれよという間に城内に忍び入った。

闇に乗じて秘かに潜入する技は乱波ならば誰もが嗜《たしな》む忍び仕事だが、静の動きは誰よりもなめらかで、僅かな破綻《はたん》もない。

静は自然のありとあらゆるものに呼応し、自身をその中へ溶け込ませることができた。人は何者かの気配を感じれば警戒する。けれど、風が吹き、雨が降ったところで何もふしぎとは思わない。静は己の意志で人間としての存在感を消し、空気のように自然へ埋没することができるのだった。

人が造りし城とて同じこと。戦が起きれば城主が死んだとて城は残る。燃やされれば灰となるが、主が代わり、時代が変わっても、時と共になされるがまま、そこにある。国破れて山河あり、という言葉の通り、城も山や川同様に、風景となって生きているのだ。

静は城を形作る木や、石や、土の気配を感じる。そして、城の中に己を溶け込ませる。天井裏に忍び込み、梁《はり》の上を移動しながら、城の見取り図を脳裏に刻み込んだ。天井の下の様子は、直接眼で見ずとも静には仔細《しさい》を感じ取ることができる。

新しい城だった。この頃の城の倣《なら》いとして天守閣がある。以前築城されたものには見られなかった構造だ。石垣、柱、瓦、漆喰《しっくい》、すべて若い匂いがする。

（立派なよい城だ。敵を侵入させぬ工夫が随所にある。しかし、ここはあまりに悲嘆の声が強い。この領地の民は過酷な政治に苦しめられているのだろう）

土地にはそこに暮らす者らの情念が染みついている。疫病や飢饉《ききん》で人が多く死んだ土地の空気は淀《よど》み、嘆き、痩《や》せ衰えている。時間とともに濁りは消えるが、人の心は土地の色を変える。実り豊かで潤《うるお》っている場所では、人も空気も溌剌《はつらつ》としている。

（城主は梅谷《うめたに》か。愛嬌があり上手く立ち回って瞬く間に成り上がった男だが、民に傾ける心はないと見える）

この戦国の乱世、氏素性《うじすじょう》のはっきりしない者や下賤の生まれの者が、その才覚を武器に台頭することも珍しくはない。太閤殿下も足軽《あしがる》から身を起こし、天下人へと成り上がった最高の例である。

この城の主、梅谷隆秀《たかひで》も確かな生まれのわからぬ武将だ。山城《やましろ》の有力大名に仕え、家老にまで上り詰めた上で策略をもって主君を追いやり、あっという間に一国一城の主となった。将軍でさえ殺されるこの時代、主君、家臣といえど寝首をかかれることなど何のふしぎもない。それゆえに、数多《あまた》の大名らは方々に草を放ち、間諜《かんちょう》を仕込み、情報収集に勤しまねばならないのだった。

静はまるで自分の家の庭でも歩くかのようにスイスイと城の奥へと進んでゆく。無論、見張りはいるし城の中では数多の人々が動き回っている。けれど、誰も一人の乱波に気づかない。

城のすべてを把握したかと思われた頃、ふと、静は妙な気配に気づいた。

(これは、何だ。今までの城には感じたことのない気配だ)

これまでいくつもの城を探ってきた。東へ飛び西へ飛び、数多の種《しゅ》の城を見てきた。

静は十六。乱波として尋常ならざる才覚を持ち、十四の頃から数多の大名のもとで働いてきた。若すぎる歳と女であることは雇い主には明かさない。主はたかが乱波の氏素性などうでもよく、ただ働きがよければそれで済む。

やがて静の評判は広まり、あちこちから名指しでお呼びがかかるようになった。名指しとはいえ本当の名ではない。静の通称は『風渡ノ変化《かぜわたり》』という。『風渡』は村の名だ。『変化』は特異な彼女の性質を表した名であった。

ゆえに静はその齢にしては異例の経験を積んでいたが、その静をもってして、戸惑いを覚えるほど未知のものである。

その気配は座敷牢の方から上ってくる。地下に造られたものだ。

それだけならそこまでおかしいとは思わない。ただ、気配があまりにも奇妙であった。

城の最奥。鬼門《きもん》の方角。

入り口は小さな木戸がひとつ。札がべたべたと全面を覆うほどに多く貼られている。何の札か。忍びにも神仏を信奉し身を守ろうとする者は多いが、静は無縁だ。書いてある文句もよくわからないが、『封』『魔』の文字が目立つことから、悪いものを閉じ込めているのかもしれない。

(誰かがここに囚われているようだ。が、人ではないやもしれぬ)

湿っていて、冷たく、息苦しくなるような重い気配である。

このような場所、立ち入らずとも城の見取り図はすでに静の頭に完成している。しかしどういうわけかここに入らねば立ち去れぬような、誘われるような感覚があった。

今宵は城の主が別の居城にあるためか、比較的守りは薄い。それでもこの場所に至る前の一角は多くの者に見張られていた。ただの座敷牢ではない証左である。

好奇心に抗えぬまま、静は札を破って戸を開けた。空気がますます冷え込み、重く静の体にのしかかる。

（何だ、これは。一体何が……）

冷や汗、というものを初めてかいた。逃げろ、と静の中の本能が喚いた。けれど、足は何かに巻き取られたように動かなかった。

甘い匂いがする。麝香《じゃこう》や白檀《びゃくだん》が混じったような。甘いが、ぬるりと湿っておぞましい。呼吸をすれば否応なく鼻孔の奥まで絡みつく。まるで毒気のように感じる粘《ねば》ついた香りである。

地下の暗闇の中、ぼんやりと燈明《とうみょう》の奥に浮かび上がるのは、あまりにも意外な『モノ』であった。

仄赤く照らし出されているのは黄金の豪奢な細工の祭壇だ。朱塗りの花器には新鮮な花が活けられ、龍をかたどった香炉からは白い煙がするすると天井へ伸びている。そしてその天井にも、艶やかな五彩の繊細な彫刻が施されているのである。

その奥に恭しく祀《まつ》られているものは、何やら時代を経て錆《さ》びついた古びた壺のようだ。

煌びやかな神殿の如き空間に、その壺だけが異彩を放っている。

そしてその傍らに何者かが端座《たんざ》している。その者の吐息が、赤い闇の底で揺れていた。

「何者じゃ」

ひたと耳を打つか細い声に、静は息を呑んだ。

(まだ幼い娘ではないか)

その声は老いたものでもなく、禍々《まがまが》しい魔のものでもなく、ただ年端《としは》も行かぬ瑞々《みずみず》しい少女の声音であった。

姿を現した少女は、妙な風体をしている。大陸の服装のように見えるが、定かでない。足元まで垂れた赤い服には胸の部分に色とりどりの豪奢な刺繍が施され、艶やかに結われた黒髪には、遊びで挿《さ》したような幾つかの白銀の簪《かんざし》が輝いていた。

「おぬしも、我を盗みに参った者か」

「盗みに……？　違う。誰かが、お前を盗みに来るのか」

「来る」

白い瓜実顔《うりざねがお》はまだ幼い丸みを残し、子犬のように無垢《むく》な大きな目は好奇心を隠さず静を見つめている。

「幾度も幾度も、我は盗まれた。此度《こたび》は何度目のことやら、覚えておらぬ」

「なぜ、お前は盗まれる。お前は何者だ」

「……知らずに来たか。なるほど、確かに我を盗みに来たのではないらしい」

ころころと笑う声があどけない。その割に、言葉遣いも聞き慣れぬものだが、ふしぎに老成した喋《しゃべ》り方をする。

「我は呪われし者。物心ついた頃から、人の死が見えた。それを言い当てた我を、人々は呪い殺したと見たのよ」

「そんな者を、なぜ盗む」

「わからぬか。己の憎い者を殺したいがために、我を使うのだ」

「だが、お前は人の死が見えるだけで、呪い殺すわけではないのだろう」

「その通り。だが、そんな道理が通る者ばかりではない。噂ばかりが独り歩きし、呪い殺したい者が多い悪人どもが、我をこぞって盗みに来る」

「なるほど……それは難儀な」

それでこのように神の如く祀りたて、邪魔な者を呪い殺してもらおうと娘を閉じ込めているのか。侍どもの考えることはわからない、と静はかぶりを振る。

「それにしてもお前のような幼い娘を閉じ込める行いに道理があるとは思われぬ。非情なことをするものよ」

「そういうおぬしとて幼い娘であろう、侵入者よ」

静は覆面の下で瞠目《どうもく》した。

闇夜に紛れる黒い忍び装束を全身に纏い、目元すら定かでない姿である。それを、幼い娘と簡単に見破るとは妙なこと。なるほど声の具合は甲高く大人のようには聞こえないだろうが、なぜ女とわかったのか。静は痩軀《そうく》でまだ女らしい体の発達もない。

少女は静の僅かな動揺を知ってか知らずか、無邪気に小首を傾《かし》げている。

「のう、娘よ。おぬし、何をしにここへ参った」

「私は……」

娘の問いかけに、静ははたと我に返った。

そうだ。こんなところで問答を続けている場合ではない。

今自分は忍び働きの最中であり、仕事が終われば長居は無用。すぐにでもここを出なければならないのだ。道中連絡係の同胞も待っているはず。

「私は行く。ここですることはもうない」

「おや、そうなのか。つまらぬのう」

盗まれ、閉じ込められている事情を聞いたばかりだというのに、自分一人が出てゆかねばならぬこの状況が、ふとむごいことのように思えた。

静に娘を助ける理由も義務もないが、幼き囚われの少女を残して去るのは心が痛む。

(心が、痛む？　この私が？)

人らしい感情をすっかり失ってしまったと思っていたのに、未だに人を哀れに思う心があろうとは。静は小さな驚きを胸に娘を振り返った。

「すまぬ、娘よ」

「よいよい。急いでおるのだろう。おぬしは面白い。また会いに来《き》やれ」

娘は自分の身の上を理解していないのか、また遊びに来いとでも言うように静を見送った。その表情には少しの悲しみも浮かばない。

(ふしぎな娘だ。どのくらい囚われているのかわからぬが、あんな薄暗いところに閉じ込められているのに、苦痛ではないのだろうか)

城を脱出する最中も、静の胸から少女の面影が去らない。

任務の最中にこんな奇妙な出会いがあったことも初めてだが、静が誰か他人に必要以上の興味を抱くことも初めてだった。

「静よ、首尾はどうであった」

落ち合った同胞に仔細を報告する。しかし、どういうわけか、あの娘のことは話す気にならなかった。

「工夫のある堅い城だった。しかし、土や石、木が泣いていた。城主の施政はひどいものなのだろう」

「土が泣いていた、か。お前らしい」と、同胞は音を立てずに笑う。「梅谷隆秀は民に重い年貢を課している。納められなければ見せしめにむごい殺し方をするそうじゃ」

そうであろう、と静は頷く。道中すすり泣く民の声に、草むらに転がる無数の屍《しかばね》を見た。しかし、領主の残酷さを嘆く優しさも憤《いきどお》る義侠心《ぎきょうしん》も忍びである静らにはない。ただ淡々と仕事を終え、自分のあるべきところへ帰るのみだった。しかし乱波どもに限らず、この時代に生きる者たちは大なり小なり皆そうであろう。いちいち人の不幸に同情していては、心の数が足りぬのだ。

＊＊＊

仕事を終え村に戻ると、村長は静に労《ねぎら》いの言葉をかけ、犬にでも餌をやるように僅かな銭を投げて寄越した。

「此度もご苦労じゃった。相変わらずのよき仕事ぶり、先方も満足げであったわ」

「これから先しばらくは依頼も少のうなる。ゆるりと過ごせ」

「はい」

村長、杉野弘蔵《すぎのこうぞう》の濁声を聞きながら静は白洲《しらす》に頭を伏せていた。見なくても弘蔵の顔が巌《いわお》のように頑然として動かぬのがわかる。喋る石像のような男だ。

ゆるりと過ごす。その意味は朝起きて飯を作り洗濯し、山で薬草を取り田を耕し夜眠る。つまり忙しい日常に戻るというだけのことだった。

静はその働きぶりから若輩であるにもかかわらず小さな家をひとつもらっていたが、暮らすのは一人きりで家族はない。

静は自分がどこで生まれたか知らぬ。ただ買われてこの村にやって来て、忍びとして仕込まれ今に至るというだけだ。

この村は『風渡』という。近江《おうみ》、伊賀《いが》、山城の境にある山間の小集落だ。伊賀甲賀《こうが》にほど近く、しかしどちらでもない隠れ里である。閉鎖的で他村の者を受け入れぬため、異能の集団であることも相まって『物怪《もののけ》の棲《す》む里』とも呼ばれた。

独特の山岳信仰を持ち、独自の製法で薬を作る。それを売り歩いて村の肥《こ》やしとした。風渡の妙薬と呼ばれ、ふしぎなほどよく効くと評判であった。

薬売りの他に、風渡の大きな仕事が忍びの斡旋《あっせん》である。村の子らだけでは数が足りぬし適性もあるため、度々近隣の村々から子どもを買っては仕込んで下忍とした。といっても、厳しい鍛錬のために大半の子どもが途中で死んでしまうので、使える忍びとなる者は多くはない。その中で異例といえるほど才能を示したのが静なのであった。

貧しい村々では長男以外の子らは方々へ奉公にやられたり、娘ならば色街に売られてしまうことも多々ある。静はたまたま来た風渡の子買いに男と偽って売られたらしい。

音に聞こえた忍びに女はいないように、忍び働きは通常男がするものである。女は知恵も力も男に及ばぬし情になびき過ぎるとされ、忍者として訓練するには好まれない。だが静は女と露見した後も、その類《たぐい》まれな素質のためにそのまま風渡の忍びとして育てられた。『お前ほど早くものを覚えた者はいない。鍛錬の必要もないほどだ。それほどの動き、いずこで覚えた』

子どもらに忍びの術を仕込む歴戦の下忍によくそう言われた。

水中で息をするなと言われればいつまでも止められた。音を立てずに走れと言われればその通りにやった。

しかし、最初からそうだったわけではない。忍びとして無類の才能を見せ始めたのは、静が『死んだ』後のことである。

「おう、静。戻ったか」

村長の屋敷を出た直後、正平《しょうへい》が薬草の入った籠を背負って静に声をかけた。よく日に焼けている。笑うと歯が白く目立った。静とあまり変わらぬほど小柄であり、その体軀が忍び働きに役立つことも多い。

正平は子どもの頃から共に修行をした仲である。普通であれば、幼馴染といってよい。ただ誰がいつ帰って来ぬようになるかわからないのがこの里の常である。馴染みと懐かしさは感じるが、友情というようなものは存在しなかった。

「此度は何に化けた」

「何にも。城に忍び込んだだけだ」

「城か。お前に忍び込まれればどのような城も丸裸であろう。恐ろしい女子よ」

正平は親しげに静に歩み寄り、頬も擦れ合わんばかりに近づき、囁《ささや》いた。草いきれと若い男の汗のにおいがする。

「今宵、どうだ」

「いいや。そういう気分じゃない」

「ふん、そうか。つまらんが仕方がない」

あっさりと引き下がる。静に無理強いしても通らぬし勝てぬことはわかり切っているし、村には他にも女はいる。

夜這いは娯楽のない村の若者たちの唯一の愉しみだった。自然な欲求に従順な静も、いつしかその習慣に加わっていた。男たちが忍んできて、その気になれば体を開いたし、邪魔に思えば蹴《け》り出した。

静は未だに城の地下で見たあの娘のことが忘れられぬ。肉体の欲などどこかへ行ってしまった。

静は初めて出会う自分に戸惑っている。

(こんなことは初めてだ。理不尽に虐《しいた》げられる人々を見たことなど初めてではないのに、なぜあの娘だけが胸を去らぬのだ)

この戦乱の騙《だま》し、奪い、殺し合うむごい世の中、弱者はただ虐げられるのみで、救いの手も差し伸べられずに野垂《のた》れ死にするしかない。任務の最中目を背けたくなるような惨状はいくらでも見てきた。そしてそれらは珍しい日常ではなかった。強者はただ一握りの者らだけで、後の大勢は弱者なのだ。人々は世の中の残酷さに慣れてしまった。卑賤の身に生まれれば、下剋上《げこくじょう》でのし上がるか、諦めて地を這うかのどちらかだ。

人の命は儚《はかな》い。やがて死は風景の一部となり、心は動かなくなった。自分とて忍び働きの最中はいつでも死と隣り合わせなのである。もしも命を失っても、それが己のさだめであったと思いながら息尽きるだけだろう。

だからこそ、地下のあの娘のことを思い続けている自分がふしぎだった。単純に哀れと感じただけではない。あの妖しい祭壇で恬然《てんぜん》としている様子が奇っ怪でもあり、また恐ろしくもあった。そこに常ならぬものを感じて惹かれているのだろうか。

(あの娘に、今一度会わねばならぬ)

理由はわからない。だが静は自分の本能を疑わなかった。

家に戻ると、静は台所に立って昼餉《ひるげ》の支度を始めた。野菜を切って自分で仕込んだ味噌で味噌汁を作り、朝蒸した玄米の残りを握り飯にし、猪《いのしし》の干した肉を囲炉裏《いろり》で焼いた。料理をしながら、いつどうやってあの城へ戻ろうかと考えていた。

「美味そうな匂いだな」

開けっ放しの戸から馴染みの顔が覗いた。つい先ほど訪れた屋敷の長男だ。

「清兵衛《せいべえ》さま。どうされた」

「戻って来たと聞いてな。挨拶に来た」

「先刻お屋敷にいたというのに」

「丁度出ていたのだ。父上も何も言うてくれなんだ。そなたに会うのは久方ぶりだからな、どうしても顔を見たかった」

よいか、と丁寧に訊ねられ、静は頷いた。

杉野清兵衛は現在の村長、弘蔵の長男だが、利ばかりを追って下忍など使い捨ての駒としか考えていない父親と比べて、ひどく優しい。その優しさがいつしか命取りになるのではないか、と考えてしまうほど慈悲深い人物だ。

歳は静の二つ上。まだ十八だが、すでに親よりも村人の信頼が篤く、文武両道に秀で、大柄で目元の涼やかな好男子とくれば、小さな隠れ里の次期村長としては出来すぎているような青年である。

清兵衛は特に静に優しい。こうして繁《しげ》く家に足を運んでは話をしていく。しかし他の男たちのように夜這いはしない。

『清兵衛さまはお前を好いとる。それを殿は知って慌てて郷士の娘との話をまとめようとしとるちゅう話だ』

寝物語にそんな話をしていった男もある。だが、静は何も知らない。清兵衛も何も言わない。その眼差しに優しさ以上の情が込められていることに気づいてはいるが、静はどうしようとも思わない。

「梅谷の城へ入ったか。あそこはすぐに戦になる」

「大きな戦か？」

「ああ。元々、周辺の豪族との小競り合いが絶えない。近々、その勢力が梅谷が退けた主家の残党と結びついて戦を仕掛けるらしい。大和国の諸大名とも繋がりがある。どうも梅谷が不利だな。しかも、そなたが見取り図を描いたとあってはな」

自らも忍びとして様々な仕事をしている清兵衛だ。その情報は確かなものだろう。

静が潜入した城は近々戦になるという。地下には未だにあの娘が囚われているはずだ。静の心は揺らいだ。

黙り込んだ静の態度をどう取ったか、清兵衛は腰を浮かせた。

「これから昼餉だというのに、すまない、邪魔をしたな」

静は首を横に振る。清兵衛が少し寂しそうな顔をしているので、ふと「召し上がっていかれるか」と聞いてみた。

「よいのか」

青年は嬉しそうに静の作った飯を食べた。特に何も工夫のない、普通の昼餉だというのに、清兵衛はひどく美味そうに少しずつ口にした。

「美味い。このまま、ここに住み着いてしまいそうだ」

「清兵衛さまは毎日もっと美味いものを召し上がっているだろう」

「そんなことはない。静の作った飯がいちばん美味いのだ」

清兵衛に爽やかな笑顔を向けられると、静は困ってしまう。気持ちを傾けられているのがわかるだけに、何も感じないことを申し訳なく思うのだ。

　静には恋というものがわからない。自分でも人並みの感情が欠けていると思う。それは自分に限ったことではなく、乱波という生き物が軒並み人並みの情を持てずにいるのだ。それは幼い頃から過酷な修行に心身を打ちのめされるためであるが、静は自分はその最たるものであると感じていた。

　欲はある。腹が減ればものを食いたいと思うし、体がその時期を迎えれば交わりたくなった。何より、静は自然の声を息を吸うように感じる。だから造作もなく音を立てずに歩くし、水の上も跳ぶ。さほど力がなくとも、どこをどう押せばものが動くかわかるし壊れるかもわかるので、どんな大男相手でも負けたことがない。修練したものではなく、見えないものの姿が見え、聞こえないものの声が聞こえるだけだ。

　それに従って生きる様を、同胞らは『お前は特殊だ』と言った。異能の忍びらをもってして、静は異物であった。何が違うのか、静にはよくわからない。だが、己の肉体は自然の一部であると感じる。そして清兵衛は、何より静のそういった部分をどうやら気に入っているようだった。

『俺には人に見えないものが見えることがある』

　と、清兵衛が漏らしたことがある。静と同じものかはわからない。人よりも繊細で、そういった気配に感じやすい質らしい。そういう清兵衛だからこそ、静を神秘的に思うのかもしれなかった。

ふと、箸《はし》を持つ清兵衛の手元に赤いものが見えた。

「清兵衛さま。お手を」

「え？」

近寄って掌《てのひら》を広げさせると、小さな傷ができている。

「気づかなかった。からたちの棘《とげ》でやったかな」

「薬を塗ってもよろしいか」

「いや、この程度大事あるまい」

やにわに、清兵衛が静の手を握った。小さな静の手は、大きな清兵衛の手に簡単に包まれた。青年の手は温かく、乾いていた。

「静の手は小さいな」

「清兵衛さまの手が大きい」

「そうかもしれん」

清兵衛は小さく熱い息を漏らした。浅黒い顔が仄かに赤くなっている。これが、情のある顔か、と静は思わず見つめた。

＊＊＊

山城の梅谷の城で戦が始まったようだ。清兵衛の言った通りだ。

今このときしかない。静は迷わなかった。

村を抜け出し、馬で山野を駆け、馬が疲れたら山中に隠し、後は自らの足で走った。何しろ急ぎなのだ。数刻後にはかつて潜入した城に辿り着いた。

兵らの怒号、鉄砲の音が盛んに聞こえる。大地が鳴っている。大勢の者どもが駆け巡る音だ。城の守りは無論平常よりも堅いが、乱戦の混乱に乗じて忍び込むことは、静には容易であった。

慌ただしく動く兵らを幾度となくかわし、梁の上や天井の下に張りついてするすると蜘蛛のように移動し、静はあれよという間に例の地下に辿り着く。ふしぎと、その入り口は以前よりも警備が手薄であった。

「おい、娘よ。いるか」

中へ忍び込み、声を低くして呼びかけると、奥に例の空気が蠢《うごめ》いた。

二度目なので多少は慣れたが、この妙な、ぞくぞくと胃の腑《ふ》を震わせるような怖気は何なのか。どんな城でも、いや、神社仏閣にも、このような気配を感じたことはない。

「おや、また来やったか。嬉しいぞ」

赤い仄暗い灯りの中に、白い顔がぽうと浮かぶ。娘は相変わらず壺の隣に座っており、静を認めるとにこにこと無邪気に笑った。戦の真っ最中だというのに、あまりにも呑気《のんき》な様子である。

「今度は何用かな」

「用はお前だ。盗みに来た」

娘は目を丸くして、静を矯《た》めつ眇《すが》めつ凝視する。

「ほう、ほう。盗んでくれるか。そなたが。この我を」

「ああ、盗む。だが、特段呪いたい相手はいない。ただお前をここから連れ出すだけだ」

「ああ、よいぞ。よいよい。連れてゆけ」

娘はあっさりと承諾し、静の手を取った。そのままついてくるかと思いきや、娘は傍らの壺を胸に抱く。静は眉をひそめた。道中落として割れてしまうのではないか。

「それは置いてゆけぬのか」

「それはできぬ。これは我が身も同然なものでな」

一体その壺には何が入っているのか。気になったが、詮索は後にした方がよさそうだ。

にわかに騒がしさが近づいてきた。

「娘、よいか。これからはすべて私の指示に従って動いてもらう。でなければ見つかってしまうぞ」

「承知した」

静は黒装束を脱ぎ、潜入する中で少々眠ってもらった兵から入手した城内の侍の甲冑を身に着けた。

隙を縫って表に出、奥の間に煙玉を投げた。爆音と共にもうもうと煙が立ち上り、同時に静は男の声で叫んだ。

「火だ！　敵が火矢を放ったぞ！」

兵はわっと動揺し、その場にいた全員が火の手の上がった方へ走っていった。その間に静は娘を誘い出し、兵の目を盗みながら城内を移動し、道具を駆使して相手を煙に巻きながら、あっという間に城外に出た。侵入者がおるぞ、と城内で騒ぎになった頃には、静は娘を連れて馬に乗り、風渡へ向かう道を走っていたのだった。

「おい、すごいな、娘よ。そなたくるくると面白う動いてはするすると進みよった。しかも、侍に化けて男の声を使っておったではないか」

娘は静の背にしがみつきながらよく喋った。よほど変わった娘のようで、逃亡の最中もまるで怖がらず、新しい遊びを味わうように興奮した面持ちをしていた。

「それが乱波というものだ。姿を変えて忍び込む」

「ほうほう、そなた乱波というのか。うん、知っておるぞ。我を盗んだ輩《やから》にもそなたのように黒尽くめの装束でやって来た者らがおったわ」

「お前、そのような目にあって怖くはなかったのか」

「怖い？　盗人がか？」

娘はしばし思案する。

「怖いとは考えたこともなかったのう。また盗まれるのか、次はどこへやら、と考えるくらいじゃ」

「慣れてしまったのか」

「まあ、そうであろうな。どこへ行こうと、我が身は変わらぬ。どの道、どこへもゆけぬ身の上じゃ。流されるがままよ」

そうして、何の抵抗もなく静にも盗まれたのだろう。囚われては暗い場所に閉じ込められてばかりの境遇に慣れてしまったとは、何とも不憫《ふびん》である。

風渡の村に着くと、静は娘に何も喋らぬよう言い含め、村が寝静まり人の気配のないのを確かめ、こっそりと家に戻った。

「娘よ、自分の家に帰るのになぜそのようにこそこそとする」

「この村はよそ者を嫌うのだ。すまぬが、私の家にいる間は大人しくしてもらう」

「見られてはまずいのだな」

心得た、と娘は頷いた。行灯《あんどん》に火を灯すと、娘の白い顔が笑み開く。

「そなた、闇の方を好むのかと思うたが、灯りをつけるか」

「すぐに消す。ただ、お前と少し話がしたい。互いの名も知らぬであろう」

娘は小首を傾げた。静の言うことがわかっていないのか。

「まさか、名がないのではあるまいな」

「名か。そなたは何というのだ」

「私は静だ。通り名では、育った場所の名で呼ばれる」

「ふむ……、静か。それは他の者らがそなたを呼ぶための名なのだな」

娘は真っ黒な大きな目をじっと静に据えた。火の灯りをまったく反射しない、深淵《しんえん》のごとき黒である。

（このような目は初めてだ。なぜ火の光を映さぬのだ？　私の姿をも映しておらぬ）

静は密かに息を呑んだ。この娘、人の死が見えるというが、やはり常人と違うのだろうか。そもそも、『人』なのか。

「うむ、それなら、我は『シアシェン』であろう」

「しあ……、何だ、その舌が絡まりそうな名は」

「ん、聞こえなんだか。『シアシェン』ぞ」

何度聞いてもわからぬ。数多の地方の訛《なま》りを学び覚える忍びであるが、聞いたこともない響きだ。静は改めて娘の身なりを観察しながら首を傾げた。

「そなたの衣といい、恐らく大陸の言葉だろう。言えぬことはないが、妙な具合だ。『セン』でよいな」

「んん？　何じゃ、シアシェンと申すに。センでは何やら間抜けではないか。しかも違う言葉になってしまうぞ」

「間抜けでも何でも、呼べねば名の意味がない。私だけは『セン』で許せ。他の者がお前を呼ぶときにはそのしあ某《なにがし》で構わぬのだろうが」

「他に我を呼ぶ者などおらぬ。……仕方ないのう、それではセンで許すわ」

ぷうと頬を膨《ふく》らませ不満の意を示すのに、年相応の幼さが表れ、静はなぜかホッと安堵した。これまであまりに泰然自若としたセンの態度に、その外見と嚙み合わぬものを感じていたからか。

「センよ、お前は大陸で生まれたのか」

「うむ、そうじゃと思う。だが、ここへ渡ってからも長いぞ」

「そうだろうな。この国の言葉も達者だ。……とはいえ、少々妙な言葉遣いに思えるが」

「そうなのか？」

わかっていなかったのか、センはくすりと笑った。

「そなたの言葉の方が、我には面白い。あまり人と言葉を交わさなんだからか、ただ喋っているだけで愉快に思えるわ」

センは傍らの壺を大切そうに抱える。結局、彼女は器用にその壺を持ったまま、城を脱出する際も、馬の背に揺られているときも、決してそれを落とさなかった。そういえば、あの地下の奇妙な神殿は、娘ではなく壺そのものを祀っているようにも見えた。ただの古い壺ではないようだ。

「聞いてもよいか。その壺、一体何なのだ」

「これか。これはのう……」

と、センは細い指で古びた壺を撫《な》でる。うっすらと細かな文様のようなものが見えるが、年を経たために劣化してしまってただ錆びついた壺のようにしか見えない。

「我が一族が代々守ってきたものと聞いておる」

「一族？　お前の家族か」

「うん。我以外は皆死んでおろうな。家の者らはすべて殺され、我とこの壺が盗まれた。我の一族の遠い祖先がこの壺を作り、それをずっと守ってきたらしい。それで、我のような能力を持つ者も時たま生まれたようだが、それは壺の呪いであるとして、家族にも忌み嫌われた。守られたが、触れてはならぬ者として、だ」

「壺の呪い？」

その響きの恐ろしさに眉をひそめる。

「この壺にはな、神様が入っているらしい。我の祖先が作ったものよ。静、決して開けたり壊したりしてはならぬぞ。神様が出て来てそなたを殺してしまうやもしれぬからな」

壺に殺されると言われて、おかしいと思うよりも寒気がした。あの地下に沈殿していたおぞましい空気。それは、呪いの壺のためだと言われて納得してしまうような、ただならぬものであったからだ。

「それでは、人を呪い殺すというのは……お前ではなく、その壺か」

「我はただこの壺を守っているだけじゃ。一族の最後の生き残りとしてな。我を盗む者らは、我がこの壺を使って人を殺めることができると信じておる。だが、そんなことできはせぬ。我にはただ人の死が見え、そしてこの壺を守る義務がある。それだけじゃ」

「しかし、そんな恐ろしい壺を、そのようにお前、撫で回していて平気なのか」

「ん、どうであろうのう。ずっとこうして側におるものであるから、同志のように思っておるのだが」

「だが、お前とその壺を盗んだ者たちは、あのように立派な祭壇まで作って壺を祀っているのだろう。お前、それをそのように気軽に触れてよいのか」

「我は一族の者であるから、構わぬのだろう。その証拠に、別段これまで我がこの壺に害されたことはないぞ」

　そう言われてしまえば、なるほどそうなのかと納得せざるを得ないが、呪いの壺と明かされれば、静は開けるだの壊すだの、そんなことをする気には毛頭なれなかった。というか、家の中に置いておいて欲しくもないのだが、センが壺にべったりと寄り添っているので、それは無理な相談だろう。

「色々話を聞いてすまぬ。お前のことを少し知りたいと思うてな」

「そうか。嬉しいのう。我も静をもっとよく知りたいぞ」

「ふふ、そうか。これからいくらでも知れよう。今宵はとりあえず、眠ろう。ずっと閉じ込められていたのに、さんざ歩かされ、馬にも乗せられて難儀であったろう」

「いやいや、大変楽しい旅であった。美しい景色を久しぶりに見たぞ」

　景色といっても、宵闇の中ろくにものも見えなかったはずだ。美しかったものといえば夜空の星くらいのもの。しかし外の空気を吸うだけでも、この囚われの娘には新鮮なことだったのかもしれない。

静は筵《むしろ》を敷き、センを寝かせてやった。ひとつしかないので自分も同じ場所に寝て、行灯の火を消し、着物を自分とセンの上にかけた。

「狭くてすまぬが……」

「よいよい、これがよい。我は寒がりでな、すぐに体が冷えてしまう。静の側にいれば、温《ぬく》い」

さすがに臥所《ふしど》の中まで壺は持って来ぬようだ。センはもぞもぞと着物の中で静を探り、腰を抱えてぴたりと体を合わせ、気持ちよさそうに喉を鳴らした。抱き締めてきたセンから甘い麝香のような香りが立ち上る。あの祭壇の匂いが着物に染みついているのだろう。つま先はなるほど、氷のように冷たい。それを温めてやろうと、静はセンの脚を太ももで挟んでやる。するとセンは嬉しげにくすくすと笑った。その様に、静は常になく哀憐《あいれん》の情が湧くのを覚えた。

(哀れな娘よ……。人の温もりもほとんど知らぬのだろう)

センを奪ってきたのは、ほとんど考えなしの行動だった。だが、静はいつでもそうなのだ。己の直感に従って動く。そしてそれはこれまで一度も間違った試しがなかった。

だが、奪ったはよいが、これからこの娘をどうしようかというところまでは、静の本能も教えてはくれない。ただ、布団の中の温もりだけで、静がこの存在を守るという理由には十分なのだった。

＊＊＊

夜が明けた。村人たちの動き出す気配がする。

センのことが見つかってはいけないが、ここに閉じ込めてばかりでは、あの地下にいたときと変わらない。静はセンを人気のない森の湖に誘うことにした。

「セン。朝餉《あさげ》を食ったら、森へ行こう」

「ほうほう。森とな。どこへでも行くぞ。そこは何か面白いものがあるのかのう」

「湖がある。お前は寒いのが嫌かもしれぬが、火を起こして水を温めてやる。あんな場所では、体もろくに清められなかっただろう。森で肌を洗い清めるのはどうだ」

「うむ、よいぞ。静が言うなら、何でもよいぞ」

意味がわかっているのかいないのか、センは快諾した。

静は朝餉にいつものように玄米を蒸し、味噌汁を作り、干し魚と漬物を合わせて出した。

センは物珍しげに器の中を見つめ、匂いを嗅《か》ぎ、面白がって平らげた。

「腹が減っていたか」

「いいや、そうでもないが、静の作るものは美味い」

最近他の誰かに似たようなことを言われた気がする。だが、必要だから作っているだけで特別な工夫などしていないのだ。それほど美味いものとは思われなかった。あんな神殿のような空間をこしらえられるくらいなのだから、食料もそれほど悪かったわけではないだろう。その証拠に、センの白い頬は丸みを帯びてつやつやとしており、栄養状態も良好に見えた。

朝餉の後、静は家の外の様子を窺い、誰にも気づかれないように素早くセンを森へと連れ出した。

天気のよい日だった。天を覆う木立から漏れる陽光が湖面を宝石のように輝かせている。センは目を丸くしてそれに見入っていた。

「美しいのう。青い湖の底の方まで見えるぞ」

「ここは私の気に入りでな。どういうわけか村人たちがあまり来ない。子どもの頃からよくここで水浴びをしたものだ」

静は薪《たきぎ》を集めて火をつける。水を入れた鍋を乗せ、手ぬぐいを入れて絞った。

湖の畔《ほとり》でじっとしゃがんで湖面に見入っているセンを呼ぶ。

「セン、おいで。体を拭《ふ》いてやろう」

「ん？　衣を脱ぐのか」

「そうせねば拭けぬであろう。少し寒かろうが、焚き火の側に寄ればよい」

センは言われて渋々とその奇妙な衣服を脱いでいく。現れた肌は目を射るほどの白さで、まるで濡れているような光沢がある。静は思わず目を細めた。

「セン、お前時折体を清められていたか」

「いや、そういったことはないが」

「ふむ……それにしては、ほとんど汚れていないな」

華奢な体を拭きながら、静はふしぎに思った。ずっと何もされないままならば、もっと衣服も肌も垢じみているはずだ。髪も脂《あぶら》で固まっていそうなものだが、センの黒髪は清らかで艶があった。

「のう、静。そなた、まことに呪いたい相手はおらぬのか」

体を拭かれながら、藪《やぶ》から棒にセンが問う。

「いない。なぜだ」

「誰も恨んではおらぬのか。憎んではおらぬのか。消えてしまえばよいと思う奴はおらぬのか」

「だから、いないと言っている。そんな者がなぜいないといかんのだ」

いかんというわけではないが、とセンは笑っている。そして、探るように静の目を覗き込んだ。

センはいつもこうだ、と静は思う。静の中に何かを探そうとして、深く食い入るように凝視する。しかし恐らく何も見つけられずに、その目はすぐにいつも通りの愛嬌を浮かべる。

「実はそなたについて参ったのはな、そなたの心に興味があったからなのじゃ」

「私の心……？」

「こんな呪われた我であるからのう、人の死の他にも、その者の心がうっすらと見える。我が接してきた人間どもは皆、誰かを恨み、嫉《そね》み、亡き者にしてやりたいと思う心が必ずあった。しかし、そなたにはない。それどころか、何もない。まるで虚ろじゃ」

「虚ろ……」

そう言われても、何も感じない。これが虚ろということなのだろう。

「そんな人間はこれまで見たことがなかったからのう。純粋にそなたを知りたくなった。もしやこの者、人ではないやもしれぬ、とも思ってもいたな」

「……そうかもしれん」

静には頷いてしまうところがあった。人外のもの、化生のものと言われたことなど数知れぬ。人から遠い場所にいる己を感じてしまうこともあった。そしてそうなった理由は明々白々としている。

「何。どういうことじゃ。静、そなたまさかジャンスーか」

「私は、一度死んでいる、らしい」

「じゃん、すう？　何だ、それは」

「死んでからも動くモノじゃ。物怪の類かのう」

「ああ……、そういうものが大陸にはあるのか」

この島国にも数え切れぬほど多くの名のついた魑魅魍魎《ちみもうりょう》がいるのだろう。しかし、それらをいちいち静は記憶していない。

「多分私もそうなんだろう。それで、心が虚ろなのだ。私はよく変わっていると言われるが、物怪ならば当然だな」

「我をわざわざ城から連れ出すくらいじゃからのう。それはよほど変わっておるに違いあるまいよ」

センはからからと笑っている。一度死んだなどという気味の悪い話も、この娘の前ではただの興味深いおもちゃでしかなさそうだ。

「しかし、なぜ死んだ。いつ死んだのじゃ」

「子どもの頃だ。忍びとしての厳しい修行の最中に、弱って動かなくなった。心の臓も止まり、気息も絶え、死んだと思われて埋葬の準備までされたらしい。そういう子どもは数多いたからな。だが、私は再び動き出した」

「ふむ……そうか。しかし、それではジャンスーではないな」

「なぜだ」

「そなたが成長しておるからじゃ。ジャンスーは死体のまま、成長などせん。生き返るのではなく、死んだ状態のまま動いておるだけじゃからのう。体も硬く、生きていた頃の柔らかさなどない。例外はあるのかもしれんが成長はせんじゃろ」

そうか、と静は頷いた。それでは、自分はそのじゃんすうなどという物怪とは違う。背丈も伸びているし、目方も増えている。

「だが、私は一度死んでから、ふしぎと忍びの術を自然と使えるようになった。忍びの術は文字通り忍ぶ術だ。自然の中に溶け込み密かに動く。そういうことが何でもなくできるようになった」

「ほう。普通の人間ではなくなったのか」

「いや、体は普通の人間だ。ただ、他の人間にわからぬことがわかるようになっただけ。そう説明しても、おそらくは理解されまいが」

会話をしながらセンの体を拭いていた静は、ふとその手を止め、一息ついた。

「ところで、セン」

「うん？　何じゃ」

「気になったのだが、お前、もしや男か」

女ならばないはずのものが股間にある。センはキョトンとして何でもないことのように頷いた。

「ああ、そのようじゃ。一目瞭然《いちもくりょうぜん》じゃろ」

「何だ、初めから言ってくれ。少し驚いた」

「勝手に娘と呼んだのはそなたではないか」

それはそうだが、と静は僅かな動揺を覚えて目を逸らした。

センが男だったからではない。そのものの形状が、少し他の男と違って見えたからだ。

しかし、普段人に見せぬ部分の差異を指摘することが無礼であることくらいは、情のわからぬ静にもわかった。センは恐らく他の者のそこなど見たことがないであろうし、自分をおかしいとも思っていないはずだ。

「おや、ここはもしかすると普通ではないのか」

しかし、センは静の思考を読んだ。

「すまぬ、そなたの心が動いたのが伝わってきたものでな」

「いや、こちらこそすまない」

「別に構わぬよ。これも呪いじゃ。二又なのじゃ、そちらも、こちらも」

そう言ってセンはぺろりと舌を出した。異様に長い。しかも、その舌先は蛇のように二つに分かれている。静は目を瞠《みは》った。

「お前、生まれたときからそうなのか」

「そうじゃ。性器もこんな具合だからかのう、ひと目で呪われた子とわかったらしいな」

そういえば蛇も性器は二つに分かれていると聞いたことがある。実際に見たことはないが、それでは、センを呪っているものは蛇なのだろうか。そう思いながら、今でも部屋の片隅に置かれている壺を思う。

(あそこには蛇が入っているのか？　しかし、何の音もしない。気配もない。もちろん、動くこともない……)

中を見たくないと言えば嘘になる。しかし、その壺は妙に虚ろで、中に何かが入っているとは思われないのだ。

しかし人の体をここまで変えるとは。これまでうっすらと嘘か真かわからなかったものが正体を現し始め、信じざるを得ない心持ちになっている。

いよいよ大変なものを攫《さら》ってきてしまったらしい、と自覚するが、別に後悔はなかった。恐ろしいのは壺であり、センではない。この少年自体はいたいけで無垢であり、ただ少し風変わりなだけの、哀れな一人の人間なのだ。

森から集落に戻る最中、人の気配を察知し、静はセンに「私がいいと言うまでここに隠れていろ、動くな」と命じ、一人で歩みを進めた。

行く先に、正平と女がいた。正平は魚籠と手製の釣り竿を下げ、女は洗い物の籠を抱えている。川へ一緒に行った風体だが、逢引だろう。女は村長の屋敷で下女として働いている若い村娘だ。

「おう、静よ。聞いたか」

静に気づいて正平は手を挙げる。女の方は静を見て汚らわしいものでも目にしたように頬を強張らせ、さっさと先に歩いて行った。いつものことなので、静は気にしない。

「聞いたか、とは何をだ」

「あの梅谷の城よ。お前、少し前に忍び込んだだろう」

少し前どころか、昨日も潜入して少年を一人盗んできた。が、もちろんそんなことは口にしない。

「戦になったらしいな」

「ああ。それがな、すぐに決着がついてしもうたらしい。あまりにも早いんで、攻めた方も何があったかわからんかったちゅう話だ」

それは意外な話だった。梅谷と土着の豪族らは幾度も戦を繰り返してきたが、ほとんどの戦で梅谷が勝利しながらも、豪族らは決して諦めない。互いに一歩も譲らぬような拮抗した情勢だった。

「それほどに今回は強かったか、梅谷は」

「違う、負けたのが梅谷じゃ」

静は言葉を失った。卑賤な身から成り上がったあの男は相当にしぶといはずだ。城の普請を見ても呆気なく負けるような男ではない。

「その話は確かか」

「ああ。今周辺は大騒ぎよ。何でも、大きな地震が起きて、あの堅固な城が土に吸い込まれるように崩れてしもうたらしい。それに巻き込まれて梅谷も死んでしもうた」

「城が、崩れただと」

あまりにも予想外の展開に、静は束の間、言葉を忘れた。そんな理由で負け戦となった例など、今までに一度も聞いたことがない。何より、実際に城に忍び込んだ静は、あそこがかなり堅固な建物であることを確認している。

「地震……など、あったか」

「いや、わからんかったな。お前が感じていないんじゃ、村の誰もわからん。しかし城が崩れるほどの地震が山城であって、ここでわからんちゅうことがあるか？　恐ろしいこともあったもんじゃ。梅谷はさんざ酷いことをしてきよった男じゃからな。呪いじゃ、ともっぱらの噂じゃ」

「呪い……」

静は口の中で呟いた。

まさか、自分がセンと壺をあそこから奪ったせいなのか。静がセンを奪うために再度潜入した折には、もちろんそんな大きな地震などなかった。

地下に吸い込まれるように、と正平は言った。あの壺を使って誰かを呪おうとしていた者は、もしかするとその壺を失った後、皆梅谷のようになったのではないか。

「あの男は民に嫌われておったからのう。民は農具を売り払って酒を買ってお祭り騒ぎだという話じゃ。死んでこうまで祝われる領主もそうおらんよなあ」

正平が何やら喋っている。呆然と立ち尽くす静にはほとんど何も聞こえなかった。

思わずセンの隠れている後方に視線をやると、無邪気な少年はまるで隠れ鬼でもしているように、木陰から半分顔を出して、静を見て悪戯《いたずら》っぽく笑った。

＊＊＊

「おや、あの男、死んでしもうたのか」

家に戻って正平の話の内容を説明したが、相変わらずセンはケロリとして、干し柿を噛みながら頷いている。

「殺しても死なんようなしぶとい奴と思うておったが、わからんもんじゃの」

「言葉を交わしたのか」

「会話というほどではないがな。人となりはわかる。野心にあふれた悪人であったわ」

悪人。そうなのだろう。だが、この戦乱の世で上に立つ者が少しも悪人でないということがあるだろうか。どの大名も、その城の下には幾千幾万という屍が埋まっているはずなのだ。

「お前とあの壺を盗んできた者たちは、皆お前たちを失った瞬間に破滅の道を辿るのか」

「それは我にはわからぬ。何しろ次の場所で閉じ込められてそれきりじゃからな。去った場所のことは知らぬぞ」

　そうだろうな、と静も頷くしかない。自分たちがいなくなった後にどうなったかなど、あのように厳重に閉じ込められていてはわからぬはずだ。

　センは無造作に壺を撫でながら思案している。

「じゃが……そうなるかもしれんな。人を呪わば穴二つということじゃろう」

「お前と壺が手元にある内はよいが、失えばこれまでの行いが返ってくるのか」

「恐らく。呪いによって得たものが大きいほど、その反動も然りじゃな。我は頼まれても呪った覚えはないが、壺の方はわからん。知識がある者が使えば、効果はあったかもしれんからな」

　そうなると、やはり城が崩れたのは、静がセンと壺を持ち去ったことが原因のように思える。何しろ時期があまりに当て嵌まっているし、もし梅谷が壺の呪いによって今の地位を得たのであれば、壺を失った瞬間に何もかもを失うのも道理だろう。

　考え込む静をまじまじと眺め、センはなぜか心配げな顔をする。

「怖くなったか？」

「何がだ」

「我と共にいることが、だ」

「なぜお前と共にあるのを恐れねばならん」

そう問うて、はたと気づく。梅谷の話からすれば、壺とセンを盗んだ静も同じように破滅する可能性があるのかもしれない。

「人を呪わなければいいのではないのか？」

「そうかもしれんが……気味が悪いじゃろ」

「そんなことはない。お前はまるで普通と変わりない子どもだ。もし人々が気味が悪いと思うのなら、それは私の方だろう」

センは目をまん丸にして「はあ？」と間の抜けた声を出す。

「何故静を気味悪く思う。この村にはそんな連中がおるのか」

「お前は気づかなかったか。先ほど外で会った女の態度に」

「そんな女などまったく見ておらなんだ。静の方がうんと綺麗じゃからの」

的はずれな答え方をするセンに静が妙な顔をしていると、センはさも呆れたように肩をすくめる。

「何じゃ、そなた知らなんだか。そなたは黙っておればどこの姫御前かと思うような綺麗な綺麗な顔じゃぞ」

「自分の顔なんぞわからん」

「あの湖でも覗き込めば多少は見えるじゃろうて。顔だけでなく姿もすらっとしてのう、綺麗綺麗じゃ」

「興味がない。自分の顔や姿を見てどうする」

あいやぁ、と奇妙な声で呻《うめ》くと、センは首を横に振る。

自分の姿に興味がないことがそれほどおかしなことか、と静は訝しむ。もちろん、変装する際には姿は大事だ。老人は老人に、男なら男に、そう見えるようこしらえる必要がある。しかしそれ以外のときに顔がどうのというのは意味がない。本当の姫御前ならば白粉を塗って紅を引き化粧をするのだろうが、それは自分には無縁のことだ。

「じゃからな、そなたは綺麗なのじゃ。こういうのを宝の持ち腐れと言うんじゃろうのう」

「そうかそうか、わかった。だが少なくとも、この村の女はそうは思っていない。村長の娘の縫姫《ぬいひめ》など、私を物怪と呼ぶ。心がないのが気味悪いのだそうだ」

「嫉妬じゃ嫉妬。女子は執念深いからのう。女子の恨みは怖いぞお。男の単純な野望なんぞ軽い軽い。情の深さが違うのじゃ。はあ、怖《こわ》や怖や」

「お前、いきなり世慣れた口をきくようになったな」

世の中を知らぬ無垢な子どもかと思えば、噂好きの年増女のようなことを言う。

静は苦笑いしながら、センの小さな頭をぽんぽんと軽く撫でた。

「ともかく、私がお前を気味悪いなどと思うことはない。壺の方はわからんが……」

と、センの抱いている壺を見やるが、やはり何も気配がない。あの地下のようなおぞましい空気を感じれば別だが、そこにある壺はやはりただの古い壺としか見えないのだった。

「きっとお前がそれを守っていれば大事ないだろう」

「そなたがそう言ってくれるのならばよいが……我を邪魔と思うたら、迷いなくその辺に捨てておくれ。静に疎まれるのは嫌じゃ」

「そんなことを言うな」

哀れっぽい口をきくセンを、静は思わず抱き締める。

「お前のような幼い子ども、捨てられるわけがない」

「静も我とさほど変わらぬじゃろうて。少なくとも身の丈はほぼ同じじゃろ」

「体の大きさはどうでもよい。お前はこれまで暗い場所に閉じ込められてばかりの子どもだったのだ。私がこれから少しずつ外の世界に触れさせてやる。盗んだからには、お前に様々なものを見て欲しいのだ」

自分の口からすらすらと出る言葉に、思いやりのようなものを感じて、静は我ながら奇妙に思う。

（本当に、私は一体どうしてしまったのだ。誰かをこのように大切に扱う心など、この胸にはないと思っていたが……）

『お前、何故そのような能面のような顔をしておる。不愉快じゃ、去《い》ね！』

村長の娘、縫姫にそう怒鳴られたのはいつのことだったか。

時の権力者の怒りに触れ、伊賀の里が攻められ女子ども含めて皆殺しという残虐な戦があった。近隣の隠れ里である風渡に被害はなかったが、同胞とは言わぬまでも、忍びとして同じ仕事をする相手である。そして、風渡の郷士とは何度か縁組をし親類縁者で結ばれた関係でもあった。

縫姫の腹違いの姉にあたる杉野家の長女が嫁いだ先も、平家の落人の家系であるという伊賀の郷士だった。

伊賀の酸鼻《さんび》を極める惨状を目の当たりにした者たちは皆口々にその酷さを語った。縫姫の姉も、生まれたばかりの赤子共々惨殺された。

報せを受けた縫姫は泣き叫んだ。嫁いだ姉とは歳が離れていたが、きょうだいの中でもいちばん仲がよかったのだ。

「父上、仇討ちを」と縋《すが》る娘に弘蔵は渋い顔をした。小さな隠れ里である風渡など、日本を支配する者に睨《にら》まれればおしまいだ。伊賀の二の舞いになってしまうだけである。それに、仇討ちは真っ当な侍であれば己の信義のため行うのだろうが、時代の影を生きる忍びにとっては無用のものだ。

忍びの里それぞれに性格はあろうが、風渡は主を持たない。西の大名から依頼があればそれを受け、東の大名から求められればそれにも応じる。忍び仕事の最中に死ぬことがあれば、それは主への忠義ではなく、己の技量が足りなかったという、それだけのこと。そんな向きのある集団であるから、たとえ血を分けた身内であろうと、己の側に不利であれば仇討ちなどしないのが常だった。

動く気のない父の心を悟って、縫姫は姉とその子どもの魂を慰《なぐさ》めるために、村の女たちを集めて山の神に祈った。

山の神は女だという。ゆえに女に厳しいともされるが、風渡の女神は村の女たちに寛容と言われていた。

女たちは社に籠もって三日三晩、大きな声で泣き喚いた。縫姫に倣ったのだ。無論全員が本当に悲しんで涙を流しているわけではない。皆懸命に演じて涙を絞り出した。出ぬ者はことさら大きな泣き声を上げ、顔を覆って床にうずくまった。

しかしそこで、一人だけ泣かない女がいた。静である。

泣けと命じられれば泣いただろう。しかし女たちは命じられたわけではない。心を分かち合い理解することで、今は泣かねばならぬと皆判断したのだ。中には幼い娘らもいたが、七つを越せば精神は立派な女だ。空気というものを理解する。だが、静にはその心がなかった。

怒った縫姫に社から叩き出された静は、お役御免かとそのまま帰った。それが更に縫姫の怒りを煽《あお》った。静は己のしでかしたことの愚かしさに落涙し、申し訳ありませんでしたと縫姫に縋りつかねばならなかったのだ。

それ以来、この村長の娘は静への嫌悪を隠さなくなった。そして村の女たちは、その心を共有し、皆で静を嫌うようになったのだった。

しかし、静と寝たい男たちはそれに与《くみ》さなかった。縫姫が慕う兄の清兵衛も静に懸想《けそう》した。彼女が蛇蝎のごとく静を嫌うのはそのためでもあった。

「静は優しいのう。ほんに、我はそなたのような者に盗まれて嬉しいぞ」

センは静に擦り寄り、両腕で強く抱き締めてきた。二人の体格は同じくらいで、センはどうかすると静よりも華奢である。そのか細さに、静の中のないはずの心が疼《うず》いた。守ってやらねば、というくるおしいような情動に静もセンを抱き締めた。

「お前こそ、私の許を去りどこかへ行きたくなったら、いつでもそうすればよい。お前は今や自由の身なのだから」

「そんなことまで言ってくれるのか。静はほんに優しいのう。何故その姫とやらがそなたに心がないなどと申すのか、皆目わからぬな」

「私がこのようなことをしたのは初めてだぞ。普段ならば、気の毒な境遇にある者を見ても何とも思わぬ……盗んでまで救い出そうとしたのは、セン、お前だけだ」

静は、センに優しいと言われて強い違和感を覚える。そう、自分は優しくなどない。どういうわけか、気まぐれでセンを助けたに過ぎない。これまで見捨ててきた人間の数の方がどれほど多いことか。どんなに残酷なものを見ても、それがこの者の命運なのだと、そうとしか思わなかった。実際、自分一人が哀れな者すべてを助けるには到底手が足りぬ。千手観音のようにでもならなければ、この残酷な世を救うことなどできない。

「我だけというのが尚更嬉しい。いつかそなたに何らかの恩返しをせねばのう」

センは本当に嬉しそうに喉を鳴らした。

「じゃが、そなたに呪いたい相手でもおれば我もできそうなものだが、それもいないのではのう」

「そのような相手がおらぬのは幸運だと私は思う。誰かに怒り、憎んでいる者らは、皆苦しそうだ」

静を嫌う縫姫はいつでも怒っている。静を見れば、縫姫の気は乱れ、揺らぎ、常に安らぐことがないように見えた。言葉を発さずとも、静を目にして腹の奥に不快感と憎悪、あらゆる負の情が暴れ回っているのがわかる。

静はそれを見る度、気の毒だと思うのだった。

男と女

静とセンの二人の生活は、明日にでも終わってしまいそうであれば、永遠に続いてゆきそうなふしぎなものだった。

静が朝起きると、時々センは隣にいなかった。出て行ったか、と思った矢先にふらりと帰ってくる。その手にはどうやって仕留めたのか、鳥や兎などの獣がぶら下げられており、この肉を食えと静に差し出してくれる。

そう、センは一人で夜中に村の周囲をぶらついているらしいのだ。しかし、誰にも見つかっていない。常人よりも人の気配に敏感な乱波が暮らす里で、それは奇妙なことに思えた。

二人は共に色々な場所へ行った。

村の中では見つかってはいけないセンだが、静が薬草を売りに村を出る折に密かに伴って行けば、その先々でセンは自由に世間を見て回ることができた。

「このように表に出て自由に歩くことができるとはのう。何を見ても面白いぞ」

センはそう言って家や人、食べ物や生活の道具を見てはいちいち喜んだ。そして同時に、静が売り歩く薬の内容にも興味を覚えているらしい。

「待っとったんよ、薬が切れてしもたから。よう効くからねえ、風渡さんの妙薬は」

得意先は静が商いに訪れれば口を揃えてその効能を褒める。籠の中にずっしりと大量に詰め込まれた丸薬や軟膏の数々は瞬く間に売り切れた。

「それほどに効くのか、そなたの村の薬は」

「そうらしい。私は他の薬を使ったことがないので違いがわからないが」

「何が入っとるんかのう」

「風渡の山に生える薬草がいいようだ。作り方はさして特別とも思えないからな」

センは旅先でも、一人で何も言わずふらりとどこかへ行ってしまう。宿泊先の宿にセンの姿を見なくなると、静はとうとう行ってしまったか、とまた思う。けれどやはり、静がどこに向かおうとも、センはいつの間にか戻ってきて静の隣にいる。

特に堺《さかい》まで足を伸ばしたときのセンの興奮ぶりは一方ならぬものがあった。

「懐かしい匂いがするのう。ここはまさか大陸に繋がっているのではないか」

「さすがに陸続きではないが、明国との商いは未だに盛んだ。太閤殿下の戦で今後どうなるかはわからぬが」

太閤は明国に戦を仕掛けそれはまだ終わっていなかったが、この堺では大陸との商いが続いている。港には唐船が出入りし、建物も大陸風にこしらえた風合いが多く、人々も異国の服を着て異国の言葉を操る者が大勢いた。

大陸生まれのようであるセンは大層色めき立ち、商いで通りを歩いている最中にしょっちゅう姿を消した。

「お前はいつも一人でどこへゆく。外には慣れていないくせに、迷ってしまうとは思わないのか」

「我は色々なものが見たいのじゃ。そなたと歩いている間にあちこちに興味深いものを見つけては行ってしまいたい欲求に駆られるが、商いの邪魔をしては悪いからのう」

「それでは出かける前に一言告げてゆけ」

「うむ、善処しよう」

にこにこしながら頷くものの、結局センの無言の放浪癖は変わらない。しかしどれほど長いこといなくなっても、必ず戻っては来るのだ。もはや幼い子どもでもあるまいし、と静は諦めることにした。

そう、センはとうに幼い少年ではなくなった。というよりも、爆発的に成長し、二年の歳月を経た今、身の丈六尺を超える見上げるような大男になってしまったのだ。

異変は静がセンを盗んだ直後、すぐに始まっていた。

連れてきた当初は静とほとんど変わらなかったセンの背丈が、一晩寝て起きてみると、少しだけ伸びている。ひとつの臥所で抱き合って寝ているときは気づかないが、立ってみると少しだけ目線が上になり、おやと思うのだ。

『セン、お前一晩の内に少し大きくなってはいないか』

『そうかのう？　きっと静の作ってくれる飯が美味いからじゃな』

それでこんなに大きくなることはないと思うが、と首を傾げつつ、さして大きな問題でもないと捨て置いた。するとセンの毎晩の成長はそれからも続き、果てには堂々たる偉丈夫になってしまったのだ。

線の細かった華奢な少年が、たちまち大きな青年に変貌し、その体つきまで、夜中に野山を駆け巡りでもしているのか、妙に筋肉のついた逞《たくま》しい肉体へと変化した。

二年でこれほどの成長はさすがに普通ではない。とはいえ、そもそも普通ではないセンなので、これがセンの体なのだろう、と静は納得していた。

服は当然大きさが合わなくなる。センは堺に行った折にいつの間にか、やはり異国風の衣を調達しており、青い涼やかな裾《すそ》を翻《ひるがえ》し闊歩《かっぽ》するようになっていた。長い黒髪は上にまとめて背中に垂らし、銀細工の輪で留めている。

外を出歩くようになっても抜けるような白皙《はくせき》の肌は変わらず、口の赤いのが目立つ。瞳の光を吸い込む黒も相変わらずで、涼やかな目元の奥に常に闇があった。

そして面妖なことに、あのセンを攫ってきた城の祭壇の匂いが、まだこの青年の周りを漂っている。衣に香でも焚きしめているのだろうか。その香りを毎夜嗅ぐ度に、静はセンとの出会いを思い出す。

地下の祭壇に閉じ込められていた、娘と見紛うようなか細い少年だったセン。哀れと思い、常ならぬ衝動に突き動かされて盗んできたが、まさかこのような大男に育ってしまうとは思わなかった。出会った折にもこのような立派な青年であったならば、恐らく静はセンを救おうとはしなかっただろう。

静にはわからぬが大きく育ったセンは今や大層な男ぶりのようで、行く先々で女に袖を引かれた。堺滞在の折にもしょっちゅう消えたが、妓楼《ぎろう》の二階から複数の妓に縋りつかれたセンが「おうい」と赤い欄干にもたれて無邪気に静に手を振ってきたこともある。

色街で遊ぶ金などどこにあるのかと、慌てて妓楼から引きずり出しても、すでに酒の匂いがする。

「お前、銭はどうした」

「うむ、値段はわからぬが言われるだけ置いてきた」

「違う、どこから調達したのだ。私からくすねたわけでもあるまいし」

「我も蓄《たくわ》えはあるぞ。何しろ我を盗んだ先が成り上がっていくからのう。妙なものを捧げられることも多かったが、売れば銭になるのじゃ。金や銀をそのまま供えられたこともある。何とはなしに取っておいたが、役に立つものじゃな」

妙なことを覚えてしまったものだ。自分に被害がないのならまあいいか、と思わぬでもないが、おかしなことに巻き込まれてしまうと困る。何しろ世の中の悪人どもがこぞって盗みたがるほどの呪いの『道具』なのだ。

そのとき、静ははたと気づいた。

「そういえばお前、壺はどうした」

「静の家に置いてきたぞ」

「おい、よいのか。あれほど大事にしていたではないか。片時も放さぬのかと思っていた」

「大丈夫じゃ。城を出るときは、ここへ戻ることはもうないであろうと思ったからの。静の家にはいずれ帰るのじゃ。中に置いておれば安心であろ」

「そうでもないと思うが……」

村の人間は静の家に金目のものなどないとわかっているので、無人の間に乗り込まれることなどほとんどないと思うが、万が一ということもある。さすがに乱波の隠れ里に忍び入る強盗もおらず、村の家々は夜も戸を開け放したままだったりであるから、入ろうと思えば容易に入れる。

しかしあんな古い汚い壺をあえて持ち出す輩もおるまい、と静もそう危惧はしなかった。ただ、センが我が身も同然と大事にしていたものだったので、遠出する際にも置いてきてしまうのがふしぎだったのだ。

二又に分かれた舌でぺろりと唇を舐めながら、センは酒の味を堪能したようであった。

「お前、酒が好きか」

「うむ。昔から好物じゃ」

「昔からとは……お前、子どもだったではないか」

「欲せずとも、捧げ物じゃからな。壺は飲むまいと我が頂戴した。体が温まっての、あれはいいものじゃ。そなたは酒は嗜まんのかの」

「普段は飲まない。酒は匂いが強過ぎる」

「そうか。慣れれば美味いぞ。その強い匂いがよいのだ。酒の匂いを吸って胸を満たすとな、頭の奥が痺れるようになる。それが何とも、心地よい」

白い首筋にべったりと紅を張りつかせながら酒の匂いをさせ、どう見ても明国から来た商人のどら息子といった風体である。まあ外の世界を楽しんでいるのならそれでよいか、と静も苦笑した。どうもセンの奔放《ほんぽう》さには説教したくなってしまうが、自分とて人を叱れるような清い日々を生きていない。

「酒が好きならば、女も好きか」

「ああ、綺麗なものは好きぞ。まあ、女子はうるさいばかりで少々退屈じゃが」

どこをふらついているのかと思ったが、どうやら女の味はすでに試したらしい。そこら中に興味を持つセンなので別段ふしぎではない。

「これでも男でな。女子は好きじゃがの、並んで歩く女子ならば静がよい。綺麗な静と一緒にここいらを歩いてみたいものじゃ」

「歩いているではないか」

「今の静は静ではなかろ。何故外へ出るときは老人になってしまうのか解せぬわ」

静は行商をする折には常に変装をしている。素顔に戻るのは宿の部屋と村に帰ったときのみである。顔を動物の皮を使って老人のようにこしらえて、白髪の鬘《かつら》をかぶり、声をしゃがれさせ腰を曲げて歩けば誰もこの者が年端もゆかぬ娘であるとは思わない。

「若い娘が売る薬よりも、年寄が売っている方が効きそうであろう」

「そんなことはないぞ。静くらい綺麗ならば、薬なんぞどうでもよいわ。いくらでも客が集まるじゃろうに」

「顔を覚えられては困るのだ。仕事で諸国を回るからな」

「どうせ梅谷の城へ来たときのように闇に紛れて忍び込むのであろ？　顔など関係ないではないか」

「そういうものばかりではない。情報を集めたり、噂を流布したり、昼間の内に外で動かなければならぬ仕事もある。それに村の外で姿を変えるのはもう慣れてしまった。普通の格好で出歩く方が奇妙に思えるわ」

とはいえ、同胞の中で静のように常に顔まで作り替えて外に出る者はいない。『風渡ノ変化』の異名の通り、静は誰より変化の術が得意であり、自分でない何者かに化けることに悦びすら覚える性を持っていた。無論利が多いこともあるが、様々な姿になって外を出歩くことが静の楽しみでもあるのだ。

「もったいないのう。女子は綺麗なべべを着たいものではないのか。何故そなたは汚いじじいの格好をしたいのじゃ」

「言っただろう、その方が利があるのだと。それに私が楽しいからやっている。これは苦ではない」

「ほんに静は変わり者じゃの。我は着飾った静と並んで歩きたいぞ」

「その辺の女子に頼め。お前ならば頼まずとも大勢ついてくるだろう」

「その辺の女子は嫌じゃ！　静がよいのじゃ！」

大きくなった体でも変わらず子どものような口をきくセンが鬱陶《うっとう》しい。しかしセンが女たちの目を大いに引くのは確かなことで、あまり目立ちたくない静としては、時折センが勝手に離れてどこかをふらつくのも悪いことではないのだった。

＊＊＊

成長しても、センの冷え性は相変わらずだ。寒い寒いと言いながら、すでに筵から大きく飛び出すほどの体を丸めて静にしがみついてくる。体は大きくなっても、静に甘える幼さは変わらない。

「もうひとつ臥所をこさえよう。お前はもう私と寝るには大き過ぎる」

「嫌じゃ嫌じゃ。一人で寝たら寒いではないか」

「そんなことを言って、お前夜にどこかへホイホイ出かけているではないか」

「ホイホイではない。時々ふと暖かくなる時刻があるんじゃ。それを感じると外に出て行く。寝ているときは寒いぞ。静と一緒でなければ嫌じゃ」

大男が駄々をこねる姿ほど見苦しいものはない。ごねられて仕方なく静は新しい臥所を用意するのを諦める。

夏場も夜は冷えると言ってしがみついてくるので、暑い日など朝には静の衣はぐっしょり汗に濡れていた。そんなときでもセンはけろりと涼しい顔をしているので、どれだけ寒がりなのかと呆れてしまう。

そして育っているのはセンだけではなかった。センほど急激ではないが、静も緩やかに成長し、背丈も少しは伸びた。四尺八寸ほどの平均的なものだ。

身の丈以上に、静は体つきが変わった。

忍びの仕事は合戦の収まる寒い時期が多い。雪に邪魔され侍たちが屋敷に籠もっている間に、乱波たちが暗躍し戦の下地を作るのだ。

諸侯たちの依頼が来ぬ内は畑仕事や薬作りなど普通の村人の暮らしをする。

今までもそうだったが、静の体は極度の緊張を必要とし肉体を酷使する仕事を終えた後に、急に成長することが多かった。

近頃は乳房が重くて仕方がない。掌に収まるほどだった膨らみが、十八歳になる前あたりから急に張るようになり、みるみる内にずっしりと大きな双《ふた》つの実をつけた。仰向けで寝ていると胸が圧迫されて苦しいほどになってしまい、静は急な体の変わりように呻吟《しんぎん》した。肉体の線は全体的に丸みを帯び、胸も尻も突き出てきて、着物の上からでも静の体の変化は顕著だった。

そして体の成長に応じてか、近頃とんと感じていなかった性欲に強く急き立てられるようになった。振り返ればもう二年はしていないのではないか。男と交わりたい、と静は飢えた獣のように思った。

「実ってきおったな、静よ」

唐突に村長の弘蔵に呼ばれ屋敷へ行くと、藪から棒にそう言われた。

季節は春を迎えようとしていた。屋敷に植わった梅が例年に比べ遅い盛りとなり、静のように蕾《つぼみ》を花開かせ、甘い芳香を漂わせている。

「その体では重うてこれまでのような忍び働きはできまい。どうじゃ、おぬしももう十八。少し遅いがそろそろ嫁がぬか」

どうじゃとこちらの意志を問うようであるが、村長がそう言えばすでにそれは決定事項である。

自分が夫を持つなどと考えたことのなかった静だ。これまで男と寝たいときには寝たし、それで欲を満たせばおしまいだった。

「子を成せばお前も少しは普通の女になるのではないか」

弘蔵の横に侍った縫姫が赤い唇を歪に吊り上げて笑った。細い目の奥に陰険な光が滲んでいる。瓜が二つ入っているかのような静の丸い胸元の膨らみを汚らわしいものを見る目つきで眺めた。

「不格好なその乳房、よう乳が出そうではないか。犬のように仰山子を産むがよいわ。お前の子ならば乱波としても十分な働きをするじゃろうて」

夫にせよ、と弘蔵に命じられたのは幼馴染の正平だった。何度か寝た仲だったが、そういえばもうずっとしていない。

正平に限らなかった。センを盗んできてから、どういうわけか、男が静の家に寄りつかなくなったのだ。

(私が欲しがられなくなっただけかと思うたが、もしやあの壺の影響か?)

センと暮らすようになってからあまりにも色々なことが起こったので、壺のことは忘れかけていたのが正直なところだ。今のところ呪われている気配も皆無なので、家具のひとつとしてしか認識しなくなってしまった。何しろ見た目には何の変哲《へんてつ》もない、ただ古くて汚い壺なのである。これが数多の悪漢に狙われてきた呪いの道具とはとても思えなかった。

二年もの間男と寝なかったのは、センと日々を過ごしていると、ふしぎとそういう欲が起こらなくなったからだ。欲がなければしようとも思わない。好いた男がいるわけでもなし、必要がなければ欲しないのが自然である。静は自分から誘いをかけることもなくなった。それに、密かにセンを匿っている自分の家には男を呼べぬ。さりとて、男の家まで通うほどのものもなかった。それが近頃急に欲に駆られるようになったのだから、ふしぎなものだ。

「お前とわしは夫婦になるらしいな、静よ」

話を聞かされたらしい正平は満更でもない様子で声をかけてきた。

「お前、確か逢引をしている相手がいなかったか、正平」

「別に、夫婦になると約したわけではない。向こうも同じように思うとる。それに妻ができたとて、会いたければ会う」

静の気性を理解している正平は平然とそう言った。静も何とも思わない。

この時代、不義は重罪だ。殺されても文句は言えない。だが、貧しい農村ではそのような掟もあってないようなものだった。

「ただ、清兵衛さまには睨まれてしまうじゃろうな」

「なぜだ。清兵衛さまには関係がない」

「そう思うておるのはお前だけじゃ。殿も清兵衛さまのいない隙にわしにお前を嫁がせることを決めた。皆知っていることじゃ」

清兵衛は京での大きな仕事を任され、村に帰って来なくなって半年が過ぎていた。

村を発つ前、清兵衛は静の家に来た。もちろん、センは奥に追いやり、静は土間に降りて清兵衛の対応をした。

『しばらく会えなくなる』

そう言って悲しそうな顔をするのを、静はどう応えたらよいか判断に窮した。清兵衛はあまりに深い眼差しで静を見つめていた。一度も寝たことがないというのに、まるで情人を見るような目だと静は思った。

『ご無事をお祈りしております』

ようやくそう告げると、清兵衛は大きな手で静の手を握り締めた。

『またそなたの手をこうして握れるよう、帰って来る。静。この家で、どうか俺を待っていてくれ』

一体どういう意味なのか。聞き返すこともできずに、静はただ頷いた。

清兵衛は長いまつ毛を濡らして名残惜しそうに帰って行った。後からのこのこと出て来たセンは、『男泣かせじゃのう、静は』とほうと息をつく。一部始終を観察していたようだ。

『セン、今のはどういうことだ』

『そのままよ。あの若君、そなたに惚れておるのじゃろ』

『皆そう言う。だが、直接そう言われたことはない』

『それが奥ゆかしさというものよ。皆がそなたのようにすべてに正直ではないからの』

世間知らずだったはずのセンの方が、今や静よりも世の中を知っているのではないか、と思えるような口をきく。

(私を好いているのならば、清兵衛さまはなぜ忍んで来ないのだろう)

好いておらずとも、欲と欲が向き合えば、男女は和合するものだ。情があるのならば尚更、欲しいと思うはずではないか。

無論、清兵衛が村の他の男たちとは立場が違い、そう容易にことを起こすことができないのはわかっている。だが、あまりにも長い間、清兵衛は生ぬるい温度で静に接してきた。手を握るくらいが関の山で、抱き締めようとしたこともない。

そんな相手が、自分をずっと好いているのだという。静には、よくわからなかった。清兵衛の心が自分に寄せられているというのは感じるが、それだけだ。地位があるならあるで静を呼び寄せて囲ってしまうくらいのことはできるはずなのに、それもしないのだから、その情はさほど強いものではないのだ、と静は思う。

「清兵衛さまもお前の変わりようを見たら腰を抜かすであろうな。あの方が村を出た後から、お前は熟してきた」

「さほどに私は変わったか」

「変わったぞ。随分な早さでな。みるみる内に女になった。昔はもっと、幼かった。果実で言えばまだ青い。今のお前は、今にも枝から落ちそうな熟し切った甘い実よ」

正平はそう言いながら静の肩を抱き寄せた。女の芳香にぐびりと唾《つば》を飲む。

「静、お前ほんに己の変わりように気づかなんだか。風渡ノ変化ともあろう者が」

「仕事の間が空いたせいだ。しばらく忍び働きをせぬと、筋骨が緩むのか体が勝手に変わり始める。今の体は動きづらくて、不快だ」

「わしは今のお前の方がずっとよいぞ。女の甘い匂いが少し離れても濃く匂うわ。たまらんのう」

下卑た喜びを隠さぬ正平に、静はふいに不快感を覚えた。

常に男と寝たい欲が込み上げる反面、以前なかったはずの男への嫌悪感のようなものが生まれているのか。体だけでなく、心の動きまでいやに変わり始めた自分に静は困惑した。

「のう、どうせ夫婦になるんじゃ。少し早いが、久しぶりに……」

いよいよにやけた男が迫ってきて、思わずはねのけたい衝動が兆《きざ》したそのとき、正平が妙な叫び声を上げ、静の側から飛び退いた。

「どうした、正平」

「し、静、逃げろ、蛇が！」

「蛇？」

驚いて辺りを見回すが、それらしきものは見つからない。山中では時折見かけるが、この辺りの蛇は大人しく、人の暮らす村の中には入って来ないのが常である。

「おらんではないか」

「確かにおったぞ。ここいらで蛇は出んと思っとったが、あんなに大きい……」

「縄か何かを見間違えたのではないか」

忍びが蛇ごときで何をそんなに、と呆れていると、正平はまだ得心のゆかぬ顔で怯えた目をそこら中に向けている。しかしどこを見ても蛇の影もない。

やがてすっかりそんな気は失せてしまったのか、青い顔をして「また会いにゆく」と言い捨て、逃げるように去って行った。

（しかし、困ったことになった。正平と夫婦になるとすると、センはどうすればよい）

正平とは近く一緒に住むことになるだろう。とすると、もうセンと一緒にはいられない。あの大男が同じ家にいて見つからぬということは不可能だ。

だが、もう二年も共に住んだ。色々な場所を見た。センには金を得る術もあるらしい。静が一緒に暮らしていなければ生きてゆけぬというわけではないだろう。

盗んできたというのに追い出すような形になってしまうことは申し訳なかったが、センももうあの頃のようなか弱い小さな少年ではないのだ。

家の戸を開くと、待ち構えていたかのように満面の笑みでセンが飛んできた。

「おかえり、静」

「ああ……、ただいま」

確かに体は成長した。だが、センの笑顔は盗んできたあのときのままだ。

村にいれば日中はこうして家の中で静を待つしかない身の上が気の毒だったが、ここを出るとなれば、センももっと自由に生きられるのではないか。そう思いもした。

＊＊＊

夕餉《ゆうげ》はセンが昨夜担いできた鹿である。かなり大きな獲物を軽々と運んできたので呆気にとられたものだった。

以前から一体どうやって狩っているのかと訊ねているが、『死んでいたのを見つけて拾っただけじゃ』とあり得ないことを言う。

運ばれた牡鹿《おじか》の肉体はまだ生温かく、センが仕留めてきたことは明らかだった。しかし、どうやって殺したのかがわからない。体の外に傷はないが、首の骨が折れていた。どのようにしてそれをやってのけたのか、一度現場を見てみたいものだと常々静は思う。

「新鮮な肉は美味いのう。静の手にかかれば尚更美味いわ」

「お前は肉が好きだな、センよ」

「静の料理は何でも美味い。じゃが、肉は格別じゃな」

センは体が大きくなるにつれて食べる量もかなり増えた。静の倍以上は食べるだろうか。

近頃悩ましい欲を覚えるようになってから、食事をするセンの姿を直視できなくなった。大きな肉の塊にかぶりつき、脂を垂らしながら引きちぎる。ほとんど生の内から『早う食いたい』と食べ始めてしまうこともあり、その赤い唇から肉の血が滴ることもあった。

その野性的な、野卑な食べ方が、どういうわけか静の肌を熱くするのだ。女のように綺麗に整った顔をして、肉を下品に食い散らかす。その様に、センの『男』を見てしまう。

(いけない、センだけは……こやつは男として側に置いたのではない。体は大きくなっても中身はまだ幼いままなのだ)

なぜセンを男として見ることを『いけない』と思うのか、静にもわからない。本能のままに欲を感じれば誰とでも寝ていたというのに、なぜセンだけはだめなのか。

ずっと閉じ込められたままろくに外の世界も見られずにいたセンを盗み出した静。家に匿い、外の様々なものを見せてやりたいと強く思った。

それはもしかすると、母親が子に思うような心持ちだったかもしれない。静はセンを子のように、弟のように、家族のように見ていて、今になって男として見ることに罪悪感を覚えたのだろうか。

(この私が、罪悪感などと人並みの心持ちを抱くとは……)

本当に、自分はセンに関してはこれまでなかった情動を抱いてしまうようだ。しかし、そんなセンとも別れなければならない。

夫になる男と一緒に住まねばならぬので、出て行ってくれないか。そうすぐには言えずに、夜が深くなった。いつものように共にひとつの筵に横になり、もうすぐ春だというのにセンは相変わらず大きな体をぴたりと静にくっつけて眠ろうとする。

この変わらぬ習慣も、ここのところ静を苦しめるもののひとつだった。仰向けで寝ると乳房の重みに耐えかねる静は横向きで眠っているが、センと向き合えばその寝息に欲を掻き立てられ、背中を向ければ、後ろからセンが抱きついてきて、背中に逞しい男の硬い胸を感じてしまう。

センは成長しても男臭い体臭というものをあまり持たなかった。二年経った今でも、あの地下の神殿を漂っていた麝香のような甘い香りがするのだ。あれはもしかすると、香が焚かれていたのではなく、センから立ち上っていたものだったのかもしれない、と年月が経った今、静はようやく気づいたのだった。

今宵は向き合って二人は横になっている。この機を逃せばずっと打ち明けられぬままに時ばかりが過ぎそうな気がした静は、焦ったように口を開く。

「のう、セン……」

「うむ、何じゃ、静。眠れぬのか」

すでに眠気に蕩《とろ》かされている声でセンが応える。この暮らしがいつまでも続くことを疑っていないかのような無垢な様子に、静は胸を痛めた。

「話さなければならぬことがある」

「うん……こんな夜更けにか」

「ああ。今、話してしまいたい」

静は思い切って言った。

「セン。私は近々村の男に嫁ぐ」

「ほう……？　恋仲の男がおったか」

「恋仲ではないが、村長の命令だ。私はその男の妻にならねばならぬ」

「何故じゃ。恋仲ではないのに夫婦になるのか」

「ああ。子を成すためだ。私は乱波だが、女でもある。女である以上、子を孕《はら》んで産まねばならぬのだ」

「子を成せばよいのか」

まだ寝ぼけているのか、センはのろのろと妙な調子で話す。静の打ち明けている話の重さをわかっていないようで、その声は飽くまで朗らかだ。

「静、それでは我の子を産め」

「何……？」

「他の男の子など孕むな。我が種をその腹に宿せ」

「おい、冗談はよせ」

「冗談ではない。子を成さねばならぬのなら、我の子を成せと言うておるだけじゃ」

ふざけているようにしか聞こえない口調である。冗談でなければ何だというのだ。

（私が、センの子を？）

それこそ、考えたこともない。まず、センは静にとって男ではないのだ。男と感じてはいけないのだ。散々自制してきたことをいとも容易《たやす》くひっくり返されそうになり、静は少々腹が立った。

　その静の沈黙を何と取ったか、しょんぼりとした声でセンがこぼす。

「それとも、静は我が嫌いか」

「き、嫌いではない。だが……お前はそういう相手ではないだろう」

「嫌いではないならよいではないか。何が問題じゃ」

「だ、だから。その……」

　そういえば、センはしつこい質である。一度こうしたいと思えば繰り返しねだり続ける。やがて静が根負けしてしまうことが大半だったが、ここは譲るわけにはいかない。

「私はお前を家族のように思っているのだ。共に住み、同じ時を過ごし、庇護する相手だ。子を成すための相手ではない」

「ふむ。それは、我を男として見られぬということか」

「そ……そうだ」

　静は己を偽るのが極端に苦手だった。これまで偽る必要を感じてこなかったし、どういう場合に偽るのがよいのか、その判断もそもそもできなかったので慣れていない。

　案の定、すぐにセンには見破られる。

「静は嘘をついておる」

「なに」

「我を見て女の匂いをさせているのを気づかぬと思うていたか」

夜の闇の中、センの真っ黒な瞳が自分にひたと当てられているのがわかる。静は己の顔がみるみる内に熱くなり、紅潮するのを覚えた。

「我はな、鼻がよいのじゃ。様々な匂いを、遠くからでも嗅ぎ当てられる。静、近頃そなたは女の匂いが濃くなった。むせ返るほどじゃ。なるほど、体が子を成すのに十分に熟したのであろ。我を見て欲情し、こうして寝ておるときは息苦しいような濃密な女の香がそなたの皮膚から立ち上り、我の鼻孔を濡らすのだ」

センが話している間も、静の心の臓はうるさいほどに脈打っている。感じ取られていた。ああ、そうだろう。あまりにも自分は隠すことが下手だ。しかし、本能はどうしようもない。男が欲しくて欲しくて、センが欲しくて、たまらないのだ。

「毎夜我を欲しがっていたのであろ。我もな、静が欲しい。喉から手が出るほど欲しいんじゃ。最初から欲しかった。そなたの虚無の心に魅入られて、この娘をもっと知りたいと思うた。知るほどに、我はそなたに惹かれた。そなたの空白を埋めたいと願った」

センの声が熱を帯びる。

静の心が無だと言ったセン。その珍しさに興味を覚えて盗まれたのだと笑っていた。

静も忍び入った先で見つけたセンのことがずっと忘れられずに、とうとう戦のどくさくさに紛れて連れ出したのだ。

自分の心がわからぬ静だが、センを救いたいという衝動に従った。あのとき、それは性欲などではなかった。最初静はセンを女だと思っていたのだ。

しかし、互いの肉体が成長するにつれ、状況は変わった。

「時間は十分にあると思うておった。熟れるだけ熟れさせて、あふれてこぼれるほどになった頃に摘み取ろう。そう思っておった。じゃが、それも他の男に嫁ぐとなっては話が別じゃ。今、静は我のものにならねばならぬ」

「せ、セン……私は」

「よい、よい。静は恥ずかしがりじゃからのう。我がすべてしてやろうの」

センの逞しい腕が静の腰を捕らえ、強く抱き締めた。全身がわっと急激な熱気に包まれ、静は一瞬気を失うかと思った。

甘い体臭に包まれる。それはまるで媚薬のように、静の肉体を熱くざわつかせた。

いつもの無邪気な抱擁《ほうよう》とは違う、明らかな意志を持った力。硬い胸に押し潰された乳房の中で、乳首はたちまち形を成した。

あ、と覚えず甘い声が出てしまいそうになった唇を、センの赤い唇が塞《ふさ》ぐ。その長い二又に分かれた肉厚の舌がするりと口中に忍び込んだとき、静の細い腰はびくりと震えた。

（あ……、センの舌……そういえばこやつの舌は蛇のように分かれているのか……）

見たことはあっても、無論味わったことはない。センの二つの舌先は器用に微細に蠢き、静の上顎を這い、歯茎に纏わりつき、丹念に歯列をなぞりながら、静の舌ににゅるりと絡みついた。

その、甘いこと。吐息、唾、舌、唇、すべてが腐り落ちる寸前の果実のように甘い。

「はぅ、ぁ……、は……」

「静……静や……かわゆいのぅ……」

静は熱い息を鼻から漏らしながら、センの巧みな接吻に夢中になった。センは静の口を味わいながら、大きな掌で静の熱くなった肌を撫で回す。着物を剝《む》かれてあらわになった乳房を長い指で揉《も》みしだかれ、しこった乳頭をこりこりとこねられ、どっと下腹部から熱い粘液があふれるのがわかり、静はセンの口の中で蕩けるように呻いた。

「あ、あぁ……、セン、セン……」

「大きいのう、静の乳は。我の手の中で弾けるようじゃ。乳首も大きゅうて、吸うたら美味そうじゃのう」

センは甘い声で囁きながら、二又の舌でぺろぺろと静の首筋を舐め、乳房の弾力を楽しむように甘噛みしながら、乳輪ごと大きく口の中に頬張った。

「あぅ……、ふ、はぁ」

頬がへこむほど強く吸われて、静はたちまち上り詰めた。乳頭で甘い快楽が弾け、腹の奥まで稲妻のように駆け抜ける。すり合わせた腿の間でくちゅりと音がする。それに誘われるように、センが指を差し入れた。静は自然と脚を開いた。躊躇《ためら》いなどすでにどこかへ消えていた。

「おお、おお。甘露がしとどにあふれておる。花芯もよう実っておるなあ。静のものは大きゅうてかわゆいぞ」

蜜の絡んだセンの指が巧みに静の膨らんだ芽をもてあそぶ。静はたまらず、身をくねらせて快楽に耐えた。

「あぁ……あぁあ」

腹の奥から熱い蜜が漏れるのがわかる。センの器用な指が勃起した芽を摘み、優しく指の腹で転がし、同時に膣口に軽く差し入れられ、ちゅぽちゅぽと小刻みに出し入れされると、すぐにまた上り詰めてしまう。

「あぁあっ、あ、はぁぁ……」

「おう、またとろとろと甘露があふれてきたぞ。味わってもよいかのう」

「はぁ、あ、せ、セン、それより、早う」

脚の間に顔を寄せようとするセンを押し留め、静は早く繋がりたいとセンにねだった。

「おや、もうよいのか」

「よい、よい。欲しゅうてたまらぬ」

「静よ、先に言うておくがのう」

センは息を荒らげながら、静の太ももを大きく持ち上げた。

「我は一度繋がってしまうと、満足するまで抜けぬのじゃが、よいかな」

「よい、何でもよい。早う……」

「ふふ。そなたはかわゆい。いつでも正直な静が、我は大好きじゃ……」

センは陰茎をあてがう。ぐぽ、と巨大な亀頭が入った。

（お、大き、ぃ……大き過ぎるぅ……っ）

久方ぶりに男の侵入を許した静の女陰は、凶悪なものに恐ろしく押し拡げられ、静は声もなく腰を跳ねさせ、絶頂に達した。

痙攣《けいれん》する熟れた膣に、センは容赦なく長大なものを突き入れた。ずぶ濡れの膣肉を掻き分け、太魔羅はたちまち静の中をずっぷりと満たした。

「はぉ……は……あ、あぁあ…………」

「静の中じゃぁ……あぁ、心地よいのう……あぁ、極楽じゃぁ」

　ぞろり、と中でセンの男根が蠢く。これまで体験したことのない奇異な感覚に、静は唾を飲んだ。

　ずる、とセンが腰を引く。ぞろぞろぞろ、と静の膣肉が無数の突起のようなものに掻き回される。ぐぶぐぶ、とセンが身を入れる。するとまたもや、ぞろぞろぞろ、とコシのある繊毛《せんもう》のようなものが、静の敏感な腹の中を撫で回すのだ。

「あああぁ、あ、あぁあ、な、何だ、何だ、これはぁぁ」

「おお……言うておらなんだか……我のものは興奮が極まると突起が生えるのじゃ。毛というほど柔くもないが、棘というほど硬くもない。すまぬのう、これぱっかりは引っ込められぬ」

「うぅ、あぁあ、はぁ、あ、こ、こんな、こんなもので突かれては、あ、ああぁぁ、しぬぅ、しぬ、しんでしまうぅぅ」

　抱え上げられたつま先が面白いようにガクガクと震えた。女の腕ほどはあろうかという長い太竿に、更に無数の突起が生えているのだ。それに盛んに内側を捲り上げられ、押し込まれ、掻き回されては、さしもの静も目を白くして涎を垂らし、筵の上をのたうち回るしかない。

「はうぅう、あう、あ、はあぁぁあ、あぁあ、セン、センうぅぅう」

「おお、おぉ、締まるのう、ぎゅうぎゅうに搾られるのう、ああ、よい香りじゃ、あぁぁ、静の香りは我を深酔いさせるぞ」

センは絶え間なく腰を動かしながら、細い胴体の上からこぼれ落ちそうな丸々と実った乳房を乱暴に揉みしだいた。先端の濡れた乳頭を強く摘み、ひねり上げ、乳肉の中に押し込んでこね回すと、静は獣のように叫んで強かに痙攣した。

「んうぅぅ、ふうう、いやぁ、強い、乳首を、そんな、あぁあああ」

「心地よいのじゃろ？　中がぎゅうぎゅうに締まって子壺がぐんと降りてきよる。静は乳房をめちゃくちゃにされながら突かれるのが好きじゃのう」

センが乳頭を音を立てて啜《すす》りながら強く吸うと、法悦の波にざんぶと襲われ、静はのけぞって絶叫した。センの巨根に激しく突き上げられ、子壺がひしゃげるほど奥までねじ込まれれば、静は気絶せんばかりに絶頂し、愛液は粗相をしたようにしとどに漏れてくちゃくちゃぐちゅぐちゅと盛んに大きな音を立てた。

「あぉ、あ、い、いぃ、ひぃい、いいぃ」

「どこがよいのじゃ？　奥か？」

「奥、奥ぅ、はぁ、あはあぁぁあああ………」

握りこぶしのような亀頭にずんずんと膣奥を立て続けに殴られると、静は押し寄せる快楽の洪水に呑まれ揉まれて、綺羅綺羅しい甘美な忘我《ぼうが》の淵にずっぷりと溺れた。

亀頭から幹から、センの男根にはびっしりと突起が生えているのだ。それで熟れて震える膣肉を絶え間なく掻き回され、経験のない極彩色の絶頂郷に静は抱き締められていた。

「はぁあ、すごい、はぁ、セン、すごいぃ」

「すごいのか。それほどによいのか、静。あぁ、かわゆいのう、かわゆいのう。肉が蕩けてきたのう。我もたまらぬ。もそっと、よいかの」

甘い甘い官能に喘《あえ》いでいた静は、それを超える信じがたいほどの感覚に、咆哮《ほうこう》した。目の前が真っ赤に染まり、幾千、幾万の星々がちかちかと輝き、万華鏡のように世界が繚乱《りょうらん》と花開いた。

「あぁぁあああ！　あ、お、おぉ、お、な、なんだ、これ、あ、んうううぅ」

「ほほ、すまぬ、片割れも我慢できんでな……おお、締まるぅ、あぁ、極楽じゃぁ」

「はぁあ……う、んあぁ……しぬぅ、しぬ、うぅう、あぁあああ」

静は思い出した。センの陰茎は二又に分かれていたのだ。もう一本が、捻《ね》じ入れられた。

静の蕩けきった女陰は限界まで拡張されながらやすやすと受け入れてしまった。

「ああ、はぁぁあぁ……ふうぅううう……」

センの二又のものは別々に動いた。静は二匹の蛇に犯されている感覚に陥った。どちらも突起が生え、でっぷりと太っている。静のあふれる蜜を啜りながら、寒い寒いと言いながら、奥へ奥へと進もうと最奥に立て続けに頭突きをするのだ。

二本入ってできた隙間から、ぐっちゃぐっちゃと掻き混ぜられた愛液がものすごい音を立てる。ぞろりぞろりと膣肉を擦る柔らかな突起が蜜を泡立て、あわいからゴポゴポと白いあぶくがあふれて止まらない。

「うぅう、あぁ、いぐ、また、いぐぅぅう」

「行く？　行くのか、あちらへ。よいぞ、何度でも、ずうっと、行くがよいぞ。あぁ、外が明るくなってきたのう、静よ。まだまだ、我は静を放さんからのう。すまんのう。あぁ、最高じゃのう。極楽、極楽じゃぁ」

センは蕩けた甘い声で静を愛撫しながら、開きっぱなしの静の口を吸い、二又の舌で中を舐め回した。

静は極楽浄土にいた。頭はすでにこの世からは乖離し、絶え間ない絶頂の嵐と洪水に責め立てられて、ただ快楽に喘ぐ獣と化していた。

二匹の長大な蛇は休むことを知らず、全身の突起を興奮に逆立てながら、どちゅどちゅぐぼぐぼと静の子壺を絶え間なく殴り続けた。その度甘い甘い絶頂が静を襲い、実り立っ

た丸い乳房を重たげに揺らしながら、快楽の汗にしとどに肌を濡らして、静は涎を垂らして吠えた。

朝が来ても、昼が来ても、センはがっちりと静に絡みつき蠢いていた。一度も陰茎を抜かれず、ただひたすら静は強靭な男に揺すぶられ続けた。途中、幾度か意識が飛んだ。その度凶悪な快楽に引き戻された。

(長、過ぎる……一体、どのくらい交わっているのだろう……)

最初に警告された。満足するまで終われぬと。しかし、まさか誰もそれが一日がかりとは思わない。

静はこれまで野山を駆け巡るのと同じ感覚で男たちと寝てきた。最初はいつだったか覚えていないが、面白いことをせんか、と誘われてただの興味でやってみた。苦痛の感覚が鈍い静は、さしたる痛みも覚えず、新しい遊びに戯れた。

達する感覚もすぐに覚えた。心地よい遊びは好きだ。だから気が向けば男の誘いに乗った。淫奔女と言われても気にならなかった。

生きることは、欲だ。食を欲し、睡眠を欲し、交わりを欲する。人も獣も変わらない。静は何にも縛られなかった。戒めに応える心が欠けていた。交わりを心地よいと思う限り、静は男と寝るのをやめなかった。

しかし、センとの交合は、あまりにも他の男のものと違っていた。

絶頂は知っていた。しかし、センに味わわされる絶頂は死も同然だった。腹から脳天まで突き抜ける。全身の毛穴が開き、熱い汗が噴き出す。子壺は快楽の戦慄きが止まらず、静は我を忘れて法悦の地獄を這い散らす。あまりに常軌を逸した興奮に逃げ出そうとしても、センはがっちりと強靭に静に絡みついて絶対に離れない。

「静、静や、我の静や、かわゆい、かわゆいのう」

もはや呪いの言葉のようにかわゆい、かわゆいと囁き続け、口を吸い、乳房を揉みしだきながら、恐ろしいほどに精強な腰はねばねばと動き続け一瞬も止まらない。それを、一昼夜だ。忍びの訓練に鍛え抜かれたはずの静は半死半生となり、センの体の下でただ快楽に泣き叫ぶ肉の塊と化している。

前から突かれ、後ろから突かれ、横から突かれ、上から下から、あらゆる角度からセンは静を楽しんだ。体勢を変えながらも決して陰茎は抜かれず、それは衰えもせず柔くなりもせず、それどころかぐんと力強さを増しながら静を犯し続けた。

「はぁ、あぁ、よい、よい、ああ、我も来そうじゃ、上って来るぞ、あぁ、たまらぬ」

ようやく終わりが近づいた頃、センは恍惚《こうこつ》として喘いだ。

「あぁ、来る、来るぞ、あぁあ、静、静や、我の子種を受け止めておくれ」

「ぁあ……、あ……ふあぁぁ………」

ずっと絶叫していたために枯れ果てた喉を鳴らし、静は腹の奥にどっぷりと濃密な精を吐き出された。

「あぁ……はぁあ……出る……まだ出るぞ……ああ、心地よいのう……静よ、たんと飲んでおくれ……」

それは長々と続き、到底小さな子壺に収めきれず、ごぽりと音を立てて女陰と蛇のあわいから噴き出した。

外はすでに暗くなっていた。たっぷりと一日、まぐわっていた。

ずるり、と二匹の蛇が抜けると、静の体はがくがくと震え、絶頂の余韻に勝手に腰が躍った。

「また次の夜が来たら、交わろう。のう、静よ。極楽は楽しいものじゃのう。何度でも行きたいものじゃ」

確かに静の見たものは、極楽浄土だった。けれどその快楽の凄まじさは、極楽と呼ぶよりも地獄と呼んだ方がよいやもしれぬ。

静はしばらく蜜とセンの精を股間から噴き出しながら痙攣していた。センは寒い寒いといつものように静に絡みつく。

静はやがて、気絶するように深い暗闇の眠りに落ちた。

＊＊＊

水の音が聞こえる。波の音が。

静は時折、海の音を聞く夢を見る。またあの夢か。そう思ったが、此度は些《いささ》か、いつもとは違う。

あまりに長い交合のためか、静は夢の中でも快楽の海を漂っていた。

暴力的な絶頂の嵐の後、ゆるりゆるりと優しい愛撫が体を覆っている。

(これは、何だ。まるで、波に撫でられているようだ)

眠りが見せる幻の中、静は海に抱かれていた。全身を愛おしげに丹念に舐めた水は、二匹の極太の蛇に責め抜かれた女陰に長々と執拗な慰めを揺蕩《たゆた》わせた。

静は幾度か達した。膨らんだ花芯を丁寧に転がされ、丘をさらさらと撫でられながら、膣の中を柔らかな水が優しく出入りし、甘い悦楽に身をくねらせ、あえかな声を上げて繊細な快さを堪能した。

そして、瞼を開いた。股の間に、センの艶やかな黒い頭が埋没している。

「……セン」

「おう、静や。目が覚めたか」

いつもと変わらぬ無邪気な顔を上げ、ニッコリとセンは微笑んだ。

「お前、そこで何をしている……」

「静の体を清めておったら、たまらんようになってなぁ。初めから無理をさせたと反省しながら、甘露をいただいておった」

「おい、言葉の前と後がまるで矛盾しておるぞ」

静はなおも吸いつこうとするセンを押しのけ、衣を羽織った。

「何じゃ、もう少し吸わせておくれ」

「後にしろ。腹が減ってたまらん。飯にする」

一日中激しく動いていたのだ。絶頂続きで体が弛緩と硬直を繰り返し、どんなに過酷な忍び働きをした後よりも疲れ果てていた。

肉欲が満たされ、食欲が飢えて悲鳴を上げている。どれくらい寝たのかもわからない。静は素早く食事の支度にかかった。もう今が昼なのか夕方なのかも定かでないが、どうでもよかった。

静が手際よく仕上げたものを、二人は貪るように食べた。すべて平らげても足りずに、猪や鹿の干し肉を次々に榾火《ほたび》にくべて、尽きぬ食欲に急き立てられるようにして食い散らかした。

よく食べる静を見て、センは笑った。

「静はほんに、欲に忠実な獣じゃのう」

「私が獣ならお前は鬼だ。あのような交わり……お前でなければ有り得んわ」

怒られたと思ったか、センは萎れた様子で静を上目遣いで見る。

「ほんにすまんのう、静や……我と寝るのは、もう懲り懲りか」

「何を言っている。お前でなければ、味わえぬものだと言った」

もうこれまでの男たちとの戯れがどんなものだったかも思い出せないほどだ。それくらい、鮮烈な交わりだった。そもそも、性器が通常の男のものではない。あれほどの凄まじい交合は、センが普通の男ではないゆえであろう。

「そうじゃ、酒を買ってきてあった。たまには飲まんか、静」

「まだ日が高いぞ。この呑兵衛《のんべえ》め」

「よいではないか。我らのよき日に、乾杯じゃ」

センは勝手に徳利を傾けて静の器に酒を注ぐ。久しぶりに嗅ぐ酒の匂いに、静は顔をしかめた。

「なぜこんなものが好きなのか、理解できぬ」

「飲めぬか、静。飲ませてやろうか」

センは自分で酒を口に含み、そのまま静を抱き寄せ口移しにした。センの甘い体臭と熟れた果実のような吐息が酒気に混じり、ふしぎと苦手なはずのその味に陶然《とうぜん》となった。

「ん……、ふ」

「美味いであろう。の、も少し飲むか」

センは再び酒を口移しで飲ませ、そのまま長い二又の舌で静の口内をねっとりと舐め回す。力を失いセンにしなだれかかった静の肩に回した手を着物の合わせに忍び入れ、たわわに実った丸い乳房を揉んだ。

「んぅ、ふぅ、うぅん……」

「ほんに大きいのう、我の手にも収まらぬ……」

「重くて、敵わぬのだ……いらぬ、こんなもの」

「我は欲しいぞ。静のかわゆい体はすべて欲しい。静も乳を揉まれるのが好きであろ。ほれ、このように乳首を勃たせて」

「はぁ、あぁ、あ……そのように、いじっては……」

荒くなった息まで貪ろうとするようにセンは静の口を吸い、乱れた裾からもう一方の手を這わせ、太ももを撫で、潤う秘処に差し入れた。

「ぬるぬるではないか。口吸いと乳を揉んだだけなのにのう、かわゆいのう」

「く、はぁ、あ、あ、心地よい、のだ、仕方、あるまい……、あ、んうぅ……」

センに再び酒を口移しにされながら、乳頭をこりこりと揉まれ、珊瑚《さんご》玉を転がされ、たちまち静は四肢を震わせて達した。蜜がごぷりとあふれ、それを絡めた太い指に花びらのあわいを掻き回され、静は声を上げてセンにしがみつく。

「もう、もう、たまらぬ……」

「我もじゃ。あぁ、かわゆいのう、静……おお、そこを、そのように……」

静は待ち切れずにセンの衣の裾を暴いた。下帯の下で硬くなっている二匹の蛇を取り出し、一本でも指の回り切らぬ太さに、その快楽を思い出して唾が湧いた。

（ああ、これが欲しい……腹の奥まで満たされるあの感覚が……あの、卑猥な突起が……）

こうして触れているだけではわからない。中に入ると出てくるのだろうか。脈打つ逞しい男根に酩酊し、静は座ったままのセンの上で向かい合い、一本、腰を上げて呑み込んだ。

「ふうっ！　はぁ、あ……はあぁ………」

「く、う……おお、搾られる……」

ぬかるんだ隘路を極太のものにぐちゅりと突き通され、静はガクガクと痙攣し涎を垂らして達した。

極楽だった。酒のせいか理性が蕩けるのが早い。ずるりと腰を引くと、再びあのぞろりぞろりとした無数の突起が現れた。たちまち、想像を絶する快楽に襲われ、静の目が裏返る。

「あぉっ、は、はああ……っ」

「ふふ、静は、これが好きじゃの……ほれ、ほれ、たんと食え」

「ああっ、んう、はあ、はひあぁぁぁ」

センが強靭な腰の動きで太ももの上の静を玩具のように突き上げる。体格差のある静は面白いように揺すぶられ、長大なものに最奥を容赦なく抉《えぐ》られ、コシのある夥《おびただ》しい数の突起に敏感な濡れた膣肉をぞろぞろと捲り上げられて、絶頂地獄に咆哮を上げた。

「あう、あ、はあぁあぁあ………」

「はあ、はあ、たまらんのう……静が平生《へいぜい》の冷たく整った顔を、こんな風にしてしまってのう……」

センは涙を流してよがっている静の顔を見てひどく興奮している。幾度も酒を口移しで飲み、肉を食らった。ずっぷりと奥まで埋められたまま腰をぐりぐりと回され、静は泣き喚いて目を白くした。

「あぁあ、そこ、そこぉ」

「よいか。奥をこう、こうされるのがよいか」

「はあぁぁ……あぁあ、いぃいいいい」

静は無我夢中でセンの上で躍った。春先のほのぼのとした暖かさの中、衣をぐっしょりと汗に濡らして、豊かな乳房をセンの硬い胸に押し当てながら、その首に腕を巻きつけた。幾度も角度を変えて熱烈に接吻しながら、その逸物《いちもつ》を味わい、数えきれないほど達した。

ずぶずぶに蕩けた女陰に二本目を捩じ込まれると、静は絶叫して激しく痙攣し、ひどく大きく頂に達して、一瞬気を失った。

センは赤くなった顔で食い入るように静を凝視している。光を吸い込む瞳の暗黒はそのままに、その奥にゆらりと何かが揺らめいたように思って、静は快楽に溺れながらもふしぎに胸を打たれた。

とうとう男女の仲になってしまったが、自分はセンのことをほとんど知らないような気がする、と静は酩酊した頭で思った。

呪われた子であること、壺のこと、大陸の生まれであることなどは知っているが、それらはすべて抽象的だ。およそ二年共に生活し、センのすべてを見てきたつもりでいたが、そうではない。センの目の暗闇に揺らぐものを見て、ふとそんなことを頭の片隅で考えた。

　夜深く、ようやく静の家の音が絶えた。

　今度はどのくらい繋がっていたのだろうか。再び二人は長々と交わり、静は疲労困憊《こんぱい》して溶けるように筵の上に横になった。背中からセンに抱き締められ、雨のような接吻を受ける。

「お前は、恐ろしい。私は極楽と奈落を行き来しながら、幾度も死んだ」

「嬉しいぞ。交わっているときの静はかわゆい。いつもかわゆいのだがな、特別に愛らしいのじゃ」

　鼻先を静の髪に埋めて匂いを嗅ぎながら、センは深々と息を吐く。

「心に人らしき情はなくとも、交わるときそなたは我のことだけを見ておる。それが何より喜ばしい」

「別に交わらなくとも、私は……」

「そなたの心はな、自然と同じなのじゃ。流るる雲のようなもの。揺蕩う水のようなものじゃ。それをひとときでも我の許に留めておけるのなら、これほどの僥倖《ぎょうこう》はあるまいて」

　要するに移り気であると言いたいのだろうか。

　静自身、己の心がわからぬのだから、違うとも言い切れない。誰かを想う情も湧かぬし、怒りも憎しみも覚えない。虚ろな心の、ただの乱波。

（だが、私は正平に触れられて嫌な心持ちがした。センには、触れて欲しいと思っていたのに……）

体と同時に、静自身変わり始めているのは知っていた。だが、この先自分がどうなってしまうのかわからない。それを思うと、にわかに心細さを覚える。

静の密かな困惑を知ってか知らずか、センは幸せそうに鼻を鳴らしながら静の体を抱き締める。

「のう、静。人間とは面白きものよ。恨みつらみには飽き飽きしておったが、静よ、そなたは美しい。我はそなたの心にひと目で惚れたのじゃ」

「ひと目で心に惚れるとは、妙なことを言う。普通心は目に見えぬもの。お前らしいといえば、お前らしい」

「そなたは、自分が救いたいと思ったのは我だけと言うておった。我もな、これほど知りたい、我がものにしたいと思うたのはそなた一人よ」

センの熱い吐息が首筋にかかる。

「静、これで我らは夫婦も同然じゃの」

「ああ……。だが、それでも村長は私を村の男とつがわせようとするだろう」

「なに。そうなのか」

「恐らく。村の外の男は許すまい」

むう、とセンは呻いた。

静とて、村長にセンを紹介し夫と認めてもらえるのならばそれがいちばんよいと思う。けれど、それは叶わない。隠れ里の風渡によそ者を密かに入れていたのも許されざることであろうし、更にその男を夫とするとあっては、二人とも命が危うい。

この村を出てしまえばいいのかもしれないが、忍びの里を黙って出て行けば、抜け忍として追手が来る。静は風渡でもいちばんといっていい名の知れた忍びだ。それが里を抜けたとなっては、村の沽券《こけん》に関わる。躍起になって始末しようとするだろう。そんな煩わしい日々に自ら身を投じるのも面倒だ。

(私はきっとセンを手放せない。だが、風渡の者としてここを出て行こうとも思えない。ここに留まれば、正平と夫婦になることも拒めぬだろう)

このまま村長に従って正平の妻となり、センとは村の外で会うことになるのかもしれない。だが、センはきっとそんな提案を受け入れないに違いない。かといって、静にはそれ以外にどうすればよいのかわからない。

「このまま、そなたが我の種を孕んでもか」

「娶された夫の子として産むしかない」

「子を成せばよいという話でもないのだな。ううむ、困ったのう……」

センはじっと考え込んでいる。

ふと、静は背後のセンの目が自分を通り越し、どこか遠くを凝視するのを感じた。カタリ、と部屋の奥の壺が小さな音を立てた。

＊＊＊

急に、風渡に忍び仕事の依頼が殺到するようになった。

乱波は戦の準備や最中の撹乱に用いられるもの。多くの乱波が必要になったということは、戦が盛んに起きていることを意味していた。

普通ならば静も真っ先に呼ばれるものの、すでに村長の弘蔵は静をその役割から外してしまい、別の者らが慌ただしく村を出立した。そこには、正平も含まれていた。

「ひとまず、夫婦となるのは少々先かのう」

出立した正平を見送った静が帰ると、センは上機嫌だ。

確かに、あの話は先延ばしになっただろう。夫となる男がおらぬのでは嫁ぐ先もない。

「城取りに参加して戻って来る。もう始まっている戦の話だ。そう長くはかかるまい」

「そうかの。しかし……静、我も密かにそなたの夫となる男を見送ったのだがのう」

センの顔からすっと笑顔が引き潮のように消えた。

「あの者、死ぬぞ」

「なに……」

「知っておるじゃろ。我には人の死が見えると」

知っている。だが、すっかり忘れていた。平生センがそれについて言及することがなかったからだ。

静は覚えず、衝撃に狼狽えた。センは申し訳なさそうに上目遣いで静を見る。

「すまぬのう。知っておるのに言わぬのも酷いと思うたでのう」

「別に、謝らずともよい。乱波は危険な役割を担うこともある。常に死と隣り合わせだ」

正平は腕のよい忍びである。動きが軽捷《けいしょう》で頭も回る。これまで数々の戦場を駆け抜け、生き延びてきた。その正平が、死ぬ。センの予言は、静に驚きを与えたものの、未だ現実味は感じられなかった。

「しかし……本当に、死ぬのか。確かか」

「うむ。命運じゃ。避けられぬ」

そうか、と静は頷くしかない。口にはしないが、疑う気持ちも存在していた。だが、センの予言から数日と経たず、静はそれが本物であったことを知る。

「正平が、流れ矢に当たって死んだそうじゃ」

生き残った同胞らが帰る前に、その情報はもたらされた。よほど激しい戦だったようで、敵味方入り乱れ、暗躍する乱波らも無論巻き込まれた。

技量が足りなかったともいえるが、それ以上に運が悪かった。皆死を受け入れることは当たり前になっているが、それでも若い乱波の死は村の空気を憂鬱《ゆううつ》にする。

静は、相変わらず自分が正平の死をどう感じているのかわからない。虚ろだ。だが、その虚ろが更に空虚なものになっている。

田を耕した帰り、後ろから石を投げつけられた。難なく避けるが、振り向いてみると、投げつけたのはいつか正平と逢引していた娘であった。

「お前、悲しくないのだろう、この雌犬が」

娘は目を真っ赤に泣き腫らしていた。いくつもいくつも、石を投げた。だが、静には当たらない。

「この、色ぐるい。お前が正平に嫁ぐと決まったその日からどこぞの男を引き込んでいるのは、皆知っておるぞ」

さもあらん。あれほど長々と交わっていては狭い村ではすぐに露見する。

「昼も夜も一日中大きな声でまぐわっていると村中の噂じゃ。しかもお前、それは村の外から引き入れた男じゃろう。この、恥晒し。正平が気の毒じゃ。こんな女を押しつけられて、挙句の果てに……」

娘は泣き崩れた。側で畑仕事をしていた娘らが同情した顔をして駆けつけ、敵意の込もった目で静を見た。

それでも、静は何も感じなかった。気の毒なのはお前だ、と正平の恋人に心の中で言った。

『忠義のために死なねばならんとは、侍は不憫じゃのう、静』

共に仕事をした後、森で野宿をしながら、正平がしみじみとそう言ったことがある。

『それに比べてわしらは真っ当じゃ。は死ぬ気もせんがのう。自分のために死んでゆける。もっとも、まだ若い内は死ぬ気もせんがのう。忍び込んで裏をかいて、どんなことをしてでも生き延びてやる』

静も同意した。いつ死んでもふしぎではないが、死ぬ気はしなかった。静は、自分が死ぬときはそれを察知できるような気がしていた。

（だが、お前は死んだな、正平。恐らく、その直前まで自分が死ぬとは思わずに）

これまで数え切れぬ同胞の死を見てきたが、正平のように幼い頃から知っている同世代の者が死ぬのは初めてだった。

静はそのまま森の湖へ向かい、衣を脱いだ。

水浴びをして体を清め、浅瀬に立ち、木漏れ日を浴びてじっとしていた。

自然の声を聞いている。誰が死んでも、自然はいつも通りに生命を鳴らしている。

静は人が死ぬと肉体の殻を脱ぎ去ってしばらくその魂が浮遊することを知っていた。行きたいところへ行くらしい。正平の魂が聞こえるかと待っていたが、どうやらあの男は村へは帰って来ないようだった。それを知って静はくすりと笑う。

（そうじゃな、正平。かような息苦しい場所には帰って来ずともよい。お前はきっと気に入りの場所に遊びに行ったな。お前はもう自由じゃ。どこへでも行ける……）

「悲しいのか、静」

いつの間にか木の陰にセンが立っている。

湖に一人佇《たたず》む静の行為を悲しみからと見たのだろうか。人の心がわかるセンには、今の静の心がどう見えているのか。

「わからない……虚しい、とは思う」

「人の死が、か」

「ああ。呆気ないものだな」

「忘れるがよい……」

センも衣を脱いで湖に入ってきた。静を優しく抱き締め、洗い髪を撫でた。

「そなたは優しい。何も感じないことはない。ただ、恐らくは一度死の淵に立った折に心を落としてきたのだ」

「心を、落とす……」

「その部分だけが、あちらから帰って来なかった。その代わりにそなたは違うものを手に入れたのじゃ。数多の自然がそなたの中を通り過ぎる。余計なものがないそなたの中は、それを素直に感じることができる」

なぜ自分が何も感じないのか、考えたことはなかった。だが、センの言葉を聞いていると、すんなりと胸に入ってくるものがある。

「それはよいものだ……。じゃが、のう、静。我はそなたの心が誰か人間に向けられることが我慢ならんでのう」

「え？」

「そなたの心は今誰のことを考えておるのじゃ。死んだあの男のことか？」

紛れもなく今思い描いていたのは正平のことだ。悲しいのか悲しくないのか、それすらわからない自分が虚しかった。

「ああ……あやつのことを考えている。だが、何もわからない」

「考える必要はない。あの男はもうおらぬ」

センの白い指先が、静の顎を優しく持ち上げる。

「そなたは、ずうっと我のことだけを考えておればよい」

「あ、セン……」

ねっとりと口を吸われる。二又の、それでいて肉厚な舌が静の口中を満たし、余すところなく中を舐《ねぶ》る。

背中を撫でていた両手は下へゆっくりと降り、尻朶《しりべた》を執拗に揉みほぐす。

逞しい胸板に押しつけた乳肉に埋もれた乳首は硬くしこり、静は無意識の内に自ら押しつけ刺激している。

「んふ、ん、んん、はぁ、ふ、ぅうん……」

「静の口は美味いのう……そなたの体はどこもかしこも甘くて、美味い……」

下腹部にぴたりと当てられたものはすでに隆々《りゅうりゅう》とそそり立っている。丁度子壺の辺りに擦りつけられると、静はその蛇の味をまざまざと思い出し、それだけで達しそうになってしまう。

センの指が脚の間に入り、すでに濡れそぼつ花びらのあわいをにゅるにゅると撫でる。

膨らんだ突起をそのまま転がされれば、静はセンに口を吸われたまま、くぐもった呻き声を上げて上り詰めた。

「のう、静よ……忘れてしまうのがいちばんじゃ……優しい静よ……」

「わ、たしは、優しく、など……」

「そなたは優しい。だから、考えてもわからぬけれど、考えてしまう。だから我が、すべてを忘れさせてやろうぞ」

「あ、あぁ、せ、セン……」

センは立ったまま静の片脚を抱え上げ、濡れて花開いた物欲しげな口に反り返るものをずっぷりと埋めた。

「んうっ！　ふ、あ……はあぁ……」

「あぁ、よい、よいのう……。静、我の首にしがみついておれよ」

「はぁ、は、あ、ふぅ、あ……、は、うあぁ」

センはそのままもう片方の脚も持ち上げ、静を完全に担ぎ上げてしまった。

埋没した男根は静の自重で更に深々と刺さり、静は意識を飛ばして絶頂した。

「あぁああ……、ふ、深いぃ、あ、はぁア、んぅ、あ、ふぉ、あ、あはぁああ」

センは軽々と強靭な腰で静の体を跳ね上げる。たっぷりとあふれる蜜がぐっちゃぐっちゃと凄まじい水音を立て、静は幾度も目を白くして達した。

「よいか？　静、心地よいのか？」

「いぃ、いい、あ、うぅ、ふぁあぁ、あ、あぁあ………」

甘美な法悦を味わいながら、静はいいように体をもてあそばれ、快楽にどっぷりと漬け込まれている自分自身に興奮していた。非力な優男に見えるセンは恐ろしく力が強い。静の重みをまるで感じていないかのように静の体を振り回す。

二匹目をぐちゅりと入れ込まれると、静はいよいよただ喘ぐ人形のようになってセンに犯された。

「んおぉ、お、あ、は、はぁうぅ、う、あっ、あぁあ」

「あぁ……締まる……静の肉は最高じゃの……」

センはうっとりと喘ぎながら、静を抱いたまま湖を歩き出す。深い場所もあるはずなのに平然と一定の高さを保って歩きながら、センは静を突き上げ続けた。

「ふぅっ！　ふ、は、あ、は、ひぁ、あぁ、う、ふうぅ」

「綺麗じゃ、静、綺麗じゃ……湖の中でよがるそなたは素晴らしく美しいぞ……」

濡れた黒髪を肌に纏わりつかせ、涎を垂らして白目を剝き泣き叫ぶ女の何が美しいのか、と静は蕩けた頭でぼんやりと思う。恍惚として静を見つめていることから嘘ではないようだが、センの言う美しさとは何かと考えてしまう。

「ふう、はぁ、はひ、は、あぁ、はぁっ、あう、あぁう」

じゅぼっ、じゅぼっ、と跳ね上げられ落ちる度、ずぶ濡れの膣奥に深々と突き刺さる二本の巨根を無我夢中になって味わいながら、静はセンの首にしがみつく。執拗に静の口を吸い、舐め、センは陶然として喘ぐ。

「はぁ、はぁ、静、ちぃと、後ろ、向いてみようかのう、それっ」

センは男根を挿入したままくるりと静の体を裏返し、静の腕を後ろから掴んだだけで、再び腰の上で静を跳ね上げ始めた。

「あぁあぅ、あっ、こ、これは、はひ、は、ああア…………っ!」

背丈の差があり過ぎて、足が着かない。つま先が宙に浮いたまま、腹に突き刺さった男根と腕だけに体を支えられ、静は必死でセンの太ももに脚を絡めながら、その壮絶な悦楽に目を見開いた。

「はぁあ、あ、は、ひぃ、ヒ、妙な、ところが、擦られて、あ、あああぁ」

「おお、何か、出そうかな、静、いいのじゃよ、出して」

「やあっ、あ、こ、このままでは、あ、わ、私、いひ、い、いぅぅ、ううう」

丁度臍《へそ》の裏辺りを強く男根で押され、無数の突起にぞりぞりと撫で上げられ、すべて漏らしてしまいそうな感覚に静は悲鳴を上げた。

ぶしゃっと凄まじい勢いで潮《しお》がほとばしる。青い湖面がさざ波立ち、木立のざわめきが静のあられもない嬌声に入り混じった。

「ほお、出たのう、出たのう。かわゆいのう、静は」

「はぁ、ひぃ、ひ、は、あ、あふぁ、はあぁ………」

初めて潮を噴いた興奮を味わいながら、立て続けに押し寄せる絶頂の波に呑まれ、静は気絶した。

意識が戻ると、静は湖畔の草むらに寝かされ、横抱きにされていた。無論、センの蛇は濡れた音を鳴らして静の膣肉を楽しんでいる。

「ふぁ……、は、ああ………」

「目が覚めたかの。無理をさせてすまなんだ。ゆるりと交わろうぞ」

後ろから大きな手で乳房をもみくちゃに揉まれ、乳頭をこりこりと潰されながら、静はうっとりと交合の味わいに舌鼓を打った。一度強い刺激を受けて敏感になった膣裏のしこりは、蛇の突起でずるずると擦られれば、たちまち呼応して容易にプシャッと潮を噴いた。

「あぁ、ひ、ふあぁ……」

「おお、また噴いたな。癖になってしもうたかの。ふふ、かわゆい」

ずぶ濡れの女陰のあわいでぐちゅりぐちゅりと二匹の蛇が蠢く。ずっぷりと奥まで埋められ、そのままごりゅごりゅと子壺の入り口をこね回され、同時に勃起した乳頭を捻られて、引きつけを起こしたように痙攣し静は極楽に飛んだ。

「あうぅっ、あ、はあぁ……、あ」

達している間もセンは動くのをやめない。愛液をごぽりとあふれさせながらガクガクと震えている静を押さえつけ、前に手を回して丸く膨らんだ花芯を転がし、静が涙をこぼしてよがるのを食い入るように見つめている。

「ふぁあ、あ、前、そんな、やぁ、あ、はあぁ……」

「くう、ふ、あぁ、締まるぅ……よい、よいのう……あぁ……桃源郷《とうげんきょう》にいるようじゃのう、静よ……」

小さな青い花々の微かな香りを鼻先に嗅ぎながら、静は蕩けた目で湖を見た。夕暮れに差しかかった赤い陽光を浴びて、湖は清冽に輝いている。このままここで朝を迎えるのだろう。朝陽を受ける湖はどんなに美しいだろうか。

静はもう、正平のことを考えなくなった。

＊＊＊

翌日、静は村長の屋敷に呼ばれた。

弘蔵は相も変わらぬ石像の面で白洲の静を見下ろした。

「正平は残念であったな。死人の妻とすることもできぬ」

少しも残念とは聞こえぬ平坦な声で言いながら、弘蔵は続ける。

「よって、静、おぬしには別の男と一緒になってもらおう」

静は思わず顔を上げた。弘蔵は静を見下ろしているようで見ていないような遠い目をしている。傍らの縫姫は憎々しげに静を睨み、顔を背けた。

静は正平よりか随分年上の勘次《かんじ》という男を次の夫として呼び寄せた。勘次は下忍頭をやっている男で最初の妻を病で失っている。静は幾度かこの男と仕事をしたことがあった。横柄だが腕は確かだ。浅黒い肌で筋肉の鎧《よろい》を纏った毛むくじゃらの熊のような男である。

「静よ、お前は乱波としては一流じゃが、妻としてはひどいもんじゃろう。わしが存分に躾けてやるからな」

村長の屋敷を出てすぐに、静は茂みに連れ込まれ、勘次にいやらしい手つきで乳房や尻を揉まれた。

「ひひぃ……ずっとこうしたいと思うとった。何じゃぁ、この弾力は。ぱんっぱんに張り切っとる。大きぃのぅ、柔ぃのぅ、こんな美味そうな女になりよって、一晩中揉みしだきたいわ。ほほ、下の赤貝はどんな具合かのぅ。楽しみじゃのぅ」

着物の上から執拗にぐにぐにとこねられて静は閉口する。村長の屋敷の近くなので殴り倒すこともできない。口吸いをしようとする唇を何とか避けながら、どうやって逃げようかと静は考えた。相手も腕の立つ忍びなので、なかなか隙がない。

「ふぅ、ふぅ、たまらん、お前のみだらな体を揉んどるだけで出てしまいそうじゃ。今すぐわしの家に行くぞ」

「すまぬが用事がある」

「おい、妻は夫の言うことをすべて聞くものじゃ。そうでないと……」

突然、勘次はわっと叫んで飛び退いた。静は即座に身を翻し、一瞬後には男の視界から消えていた。

(また、蛇でも見たのであろう)

二度目となればもうわかる。家にいるあの男は蛇を使う力もあるのだろうか。それとも、共に暮らす内にあの壺が静を守ってくれるようにでもなったのか。

しかし、これではきりがなさそうだ。下忍の死など何とも思っていない村長は、何かが起きても次々に替えを用意するだけだろう。

どうしたものか、と考えている間に、勘次もまた合戦に招集された。
そしてまたもセンに死の予言をされ、やはり、死んでしまったのだった。

謀りと返礼

杉野屋敷の奥、弘蔵の三女である縫姫の部屋は、質素な女の部屋でありながら、どこか抑圧された不穏な瘴気に満ち満ちていた。

行灯の火に紙を差し入れ、燃やしている。揺れる火影を映した縫姫の白い顔は、烈しい苛立ちに般若《はんにゃ》のごとく歪んでいた。

「何故、あのような淫奔女を兄上は……」

燃やしていたのは、兄、清兵衛から届いた文だ。縫姫ではなく、静に宛てたものである。縫姫は幾度も、兄から届いた静への文を燃やしていた。清兵衛は家臣に頼んで頻繁に文を送っていたが、その男は縫姫に金を積まれてそちらに通じている。

誠実な愛の言葉が綴られた文は静へ届けられることはなく、縫姫の手に渡り、毎度火に抱かれて灰になっていた。

敬愛する兄が、あのような女に心奪われているのが我慢ならない。さりとて、兄に直接あんな女は、と訴えるのもはしたなく到底できぬ。

何度あの忍びを殺そうと思ったか知れない。けれど、村でいちばん腕の立つ乱波であるので、誰に頼んでも討つことは容易でない。また、狭い村で何かことを起こせば、たちまち父の弘蔵に知れよう。稼ぎ頭である静を手に掛けようとしたと知られれば、縫姫とてただでは済まぬ。

しかし、何もせずに手をこまねいていることもできなかった。あの静という女は昔から女らしい心を持たぬ物怪じみた娘であったが、今やあやかしそのものである。

「父上、おかしいとは思いませぬか。何故、あの者を妻にさせようと決めた男たちが次々に死ぬのです」

「偶然じゃや。そも、戦場へ赴けば死ぬことは十二分に有り得る。表舞台で刀を合わせずとも、裏の役割である乱波とて危険であることに変わりない」

しかし、と言い募ろうとする縫姫を遮って、父は立ち上がり行ってしまう。縫姫には父の心がわからない。

縫姫は弘蔵が若い妾に産ませた娘であり、弘蔵が五十を越してからの最後の子である。可愛くてならぬはずの存在だが、縫姫は父の膝に抱いてもらった記憶もなく、父が笑ったり怒ったりする顔も見たことがない。

（父上も、物怪じみておる。乱波という生き物は皆、人から離れてしまうものなのか）

しかし、兄の清兵衛は違った。兄は誰より温かい人間だ。

忍びとしての技量も優秀ながら、繊細な心遣いで、すべての村人に愛されている。無論、腹違いの妹の縫姫にも清兵衛は優しかった。ただ甘いだけでなく、いけないことはいけないとしっかり教えてくれたし、ひたすら、人として立派な人物なのだと、妹ながらに感心してしまうような青年なのである。

そんな兄の好意を一心に受けているというのに、あの物怪はまるでそれをわかっていない。それどころか、若君に操を立てず、あちこちの男と寝ているのだ。清兵衛の方はまったく女遊びもせず、ただ静一人だけを見ているというのに。

（許せぬ、許せぬ、許せぬ……。どこぞの男へ嫁ぐならまだしも、と思うておったのに、相手の男がことごとく死ぬ。これはただごとではない。あの女が何かしているに違いないのじゃ）

村の財源のひとつである忍びの男たちが、これ以上あの女のために殺されてはならない。それに、このまま静がどこにも嫁がずにいれば、きっと兄の清兵衛は無理を通して妻にもらうに決まっている。正室ではいけないと父が言えば妾にでもなるのだろうが、それであの女が大きな顔をして杉野家に居座るのは我慢ならない。その上、もし静を娶ると清兵衛が決めれば、清兵衛自身が他の男たちのように死んでしまうかもしれないではないか。

やはり、どうあっても静は死なねばならない。縫姫はそう思い詰めた。

考え抜いた末、縫姫は一計を案じた。

仕事を静に命じ、その任務の最中に死んでもらおうというものだった。

(父上が仰《おっしゃ》るように、乱波の仕事は危険なもの。その際に死んでも何もおかしくはない)

あの女の暗殺は秘蔵の下忍に頼もう。暗殺だけを請け負う特殊な忍びだ。縫姫の母の家に仕えていた男で、母が杉野家へ嫁した折に共についてきた。今では縫姫の手駒の男である。

通り名を『毒虫《どくむし》』といった。主に毒を用いて殺すからだ。本名は縫姫も知らぬ。主の前でも常に顔を布で覆い隠し素顔も知れぬが、その目は暗く陰がある。

静を殺した暁にはその死体を隠し、里を抜けたという汚名を着せる。抜け忍は死罪であるのでしばらくは父も追手を送るかもしれないが、すでに死んでいる者は探しようがない。やがて父も諦め、そして誰もがあの女を忘れるだろう。

想像するだけで喜悦の情が全身を駆け巡る。

(あの女のいない世の中……なんと美しき場所！)

縫姫は一人薄暗い部屋の中で、ほほほ、と笑った。

この感覚は以前一度味わったことがある。縫姫は一度郷士の家に嫁いだが、夫は兄のような優しい人物ではなかった。一年子のできなかった縫姫を石女《うまずめ》と呼んで罵倒し、さっさと見目のよい下女を孕ませて妾にした。

縫姫は毒虫を呼んで夫を殺させた。ゆうゆうと実家に戻った縫姫は二十歳になるが、どこかに嫁ぐ気などない。子の産めぬ女はどの家にも必要とされなかった。その内父は適当な下忍を婿にして縫姫を片づけるのだろう。それでよい。

(きっとあの淫奔女は誰かの妻となればぽんぽんと子を産むだろう。あの着物からあふれるようないやらしい体つき。男の欲を飲み込むためにあるようなものじゃ)

縫姫は込み上げた嫌悪感に己の肩を抱いた。襲い来る記憶に肌がひとりでに燃え上がる。

(あの女の、獣のような交わり……そしてあの、美しい男)

数日前、縫姫はふと、誰かに呼ばれた気がして夜中に目を覚ました。

屋敷は寝静まっている。縫姫が起きればどんな時刻でも声をかけてくるはずの侍女も起きて来ない。

花冷えの夜、寝間着に羽織をはおった姿のまま手燭《しゅしょく》を持って、誘われるように屋敷を出た。薄紫の靄が漂い、朧月《おぼろづき》に照らされた夜道を一人歩いた。

足は勝手に動き、縫姫はいつの間にか、森の奥へ入って、湖の見える木陰に立っていた。

畔で、男女が獣のように交わっている。静だ。そして、大きな男。

唾を飲んだ。見たこともないような美しい男だった。涼やかな目元と赤い唇、すっと通った鼻筋は絵に描いたように端正でハッとするほど麗しく、まるでこの世のものとは思われぬほど神秘的だ。闇を吸う長い黒髪は青白く濡れたように光る肌に墨を流したかの如く垂れ、その姿は凄艶な色香が匂うようである。

静も、美しい。あの女は、見た目だけならば天女かと思うような無双の美貌を持っていた。その上、ある時期を境に急激に体つきが豊満になった。熟れきった果実は甘い汁を満々とたたえ、摘まれるのを待ちわびているようであった。

美しい二人の男女が、壮絶な交わりを延々と繰り広げている。静は木にしがみついて気死せんばかりの絶頂を訴えて泣き叫び、絶えず痙攣して忘我の境に飛んでいるようであった。男は静の片脚を持ち上げて間断なく腰を突き上げ、何やら恐ろしいほどに長大な逸物をぐっちゃぐっちゃと凄絶《せいぜつ》な音をさせて出し入れしている。静は身悶え潮を噴きながら拡げられた女陰から糸を引く体液をほとばしらせ、しぬ、しぬと叫びながら時折がくんと意識を手放していた。

奇妙なのは男である。どれだけ静がよがろうと失神しようと、決して男根を抜こうとしない。静の膣に埋もれたままあらゆる体勢になり静に絡みつき、延々と腰を突き上げている。精強というのを超えていた。物怪か、と縫姫は思った。

(ああ、それにしても……これは何なのだ)

他人の交わりを初めて見た。

夫との夜は極めて淡白で、一方的に胷水を放てばおしまいだ。縫姫に快楽などなかった。

しかし、目の前のあれはどうだろう。まるまるとした乳房を餅のようにこね回し、ぴんと勃ち上がった乳首を扱きたて、腰を盛んに突き上げながら、男は静をかわゆい、かわゆいと愛で、執拗に口を吸っている。静は男にいやというほど愛され、犯され、立て続けに絶頂に突き落とされながら、ひとしずくの快楽も漏らすまいとするように男を貪っている。

その様を見ていると、じっとりと汗が湧き、息が弾み、目が潤んで、気づけば縫姫は静のように木にしがみついて下肢を揺らしていた。

ああう！　と大きな声を上げ、ひときわ激しく、静が達した。思わず、縫姫も腰を震わせ、膝をつぼめて、『おぅ……』と喉を鳴らした。

僅かな音であった。しかし、男がこちらを見た。

月のない夜のような瞳であった。凍てつく冬のような冷ややかさであった。

そして、血のような赤い唇を吊り上げて、笑ったのだ。

冷水を浴びたかの如く、瞬く間に総毛立った。

呪縛が解けたかのように、縫姫は飛び上がり、足をもつれさせて逃げ出した。

どこをどう走ったか、気づけば屋敷内の自室であった。

そのとき初めて、縫姫は己の股の間がぐっしょりと濡れそぼっていることに気づいた。

まさか粗相を、と思ったが、触れてみるとそれはねっとりと粘ついた女の涙であった。

『縫姫さま、あの女めは、正平と夫婦になるというのに、日がな一日男を家に引き込んで交わっているのです』

正平と恋仲だった侍女は、悔し涙を流しながら縫姫にそう訴えてきた。

縫姫は静が寝ている相手が村の男でなく、ただのよそ者でもなく、物怪と知った。

(物怪が物怪と寝ている。結構なことじゃ)

そう、これから自分がしようとしていることは物怪退治だ。あの女は必ずこの村に不幸をもたらす。すでにそれは始まっているのだ。急がなくてはならない。

「ほほ……静、早う死ね、死ね……」

しぬ、しぬ、とよがっていた静にずっぷりと突き刺さる、あの濡れ濡れとした巨大なものを思い返しながら、縫姫は密やかな熱い息を漏らし、腰布の下に指を忍ばせた。

＊＊＊

いよいよ、桜が盛りの季節を迎えようとしている。

京の町では、太閤殿下が催す花見の宴の準備で大わらわだった。各地から数多の桜を集め植樹し、醍醐寺《だいごじ》を修繕して茶屋など設けて行うのだという。そのための人足、招かれた客人たちのもてなしと、人の往来も激しく、いつにもまして華やかな京の春である。

センは賑やかな町の様子に浮かれた様子で、今にも飛び跳ねそうな興奮ぶりだ。

「うむ、よい、よいものじゃ。花見の楽しさは何にも勝る」

「お前、花見などするのか、セン」

「花を愛でるのは好きぞ。しかし、そういえば桜の下で飲み食いしたことはないのう。しよう、静。今すぐじゃ！　酒と肴をもて！」

「おい、そう急くな。先に任務に取り掛からねば……」

静とセンは久方ぶりに与えられた任によって京へ上っていた。

詳細は京にいる依頼人に会って聞くという話だが、どういうわけか、此度の依頼は女である必要があるらしい。

『静。お前、常に姿を変えて村の外に出るようじゃが、此度はそのままのなりで行け。お前そのものの姿が必要だということじゃ。恐らくいずれ嫁ぐお前にとって忍びとして最後の仕事になろう。素顔を晒してそう悪いこともあるまい』

奇妙にも、それは縫姫から伝えられた。村長である弘蔵が所用で村を出ているが急ぎの大きな依頼なのだという。よって縫姫が父の名代として静を呼び寄せたらしい。

『天下を揺るがす大仕事らしい。名の通ったお前にしかできぬと先方のご指名じゃが、お前はしばし乱波として働いておらぬな。大事ないか』

『私を名指しとあらば、断ることはできませぬ』

『うむ。むしろ、普通の女子らしき振る舞いが肝要らしい。今のお前の方が丁度よいやもしれぬ。妾《わらわ》も詳細は聞いておらぬが、京の勧修寺《かんしゅうじ》で申の下刻に待つ者に話を聞けとのこと。今すぐにでも発って欲しい』

京の神社仏閣はあらかた応仁の乱で荒廃したと聞くが、勧修寺も例に漏れず消失したはずだ。跡地で落ち合うということか。

『先方はどちらの』

『太閤殿下いちばんの家臣じゃ。加賀《かが》の主よ』

とすると、後崎利安《うしろざきとしやす》である。しかし後崎にはお抱えの忍びたちがいたはずだが、なぜ風渡に依頼してきたのだろうか。そちらでは足りぬ用があるのか。

謎の多い話だが、主家の命であれば従うのみ。静はいつも通り密かにセンを伴って旅支度をし、村を出た。

「しかし、我は嬉しいぞ、静。ようやっと美しいそなたのままの姿で共に旅ができるとは」

「私は落ち着かぬわ。何故この姿が必要なのであろうな。依頼人と落ち合う折に女の姿で行けばよいだけなのではないか」

「縫姫とやらも言っておったのであろう。これが最後の仕事であるとな。此度の道中は物見遊山のような心持ちで赴けばよいのではないか」

　センが気楽なことを言う。けれど、何やら未だ曖昧な依頼であるし、直接話を聞くまではどの程度危険なものなのかもわからない。しかし、静を名指しで依頼してきたというのであれば、やはり他の忍びでは心もとないということなのだろう。一体どんな依頼なのか。

　センはいつも通り大陸風の衣を着て、人目など気にせず天衣無縫といった調子で上機嫌に歩いている。あまりに堂々としているので人々も放下師《ほうかし》だとでも思っているのか、奇異な目で見られはしないのがふしぎである。無論、女たちの熱い視線は途切れない。

　静は常のなりで、小袖に被衣《かずき》、編笠に杖といった普通の女の旅姿だ。一応センとは夫婦で旅をしているといった形で並んで歩いているが、放下師風の男が夫に見えているのかは疑問だ。

静にとって京の都は初めてではないが、センは恐らく自分の足で訪れたことはないだろう。案の定、ふと気づけば静の隣からいなくなっていた。

(相も変わらず、落ち着かぬやつよ。思慮があるのかないのかもわからぬ)

老成したことを言ったかと思えば、こうして幼い子どものように興の赴くままに遊び歩く。深い仲になったとはいえ、やはりセンのことはまったくわからぬ、と静はかぶりを振った。

目立つ相方がいなくなったので、時刻もちょうどよく、静はそのまま勧修寺に向かう。戦に蹂躙され灰と化した敷地内に、かろうじて門の柱が半ば朽ちて残っている。

そこへ立ってしばらくすると、子どもがやって来た。近隣に住んでいるらしき風体だが、静をじろじろと見て、「ついて来て」と言う。

はてな、と首を傾げていると、子どもは勝手に歩いてゆくので、静も仕方なく後を追った。すると子どもは伏見《ふしみ》街道沿いの一軒の旅籠《はたご》に入った。宿の主人に何事か告げると、主人はにっこりと笑って「お待ちしておりました」と言う。

そのまま静を案内し、「お客様が参られましたえ」と襖《ふすま》を開けた。中には酒肴《しゅこう》が調えられ、若い武士が座っている。静をちらと見上げて体をこちらに向け頭を下げた。

「ご足労、痛み入る」

「そちらは」

「後崎利安が家臣、佐々木忠真《ささきただざね》と申す。あなたさまは……風渡の」

「『風渡ノ変化』。私を直接指名したと聞いた」

佐々木は頷き、静に向かい側に座るよう勧めた。

こちらをじっと見つめる目は冷ややかで少しの感情の揺らぎもない。歳は三十にもなるまい。見た目の若さとその落ち着きぶりが対照的な男だ。

「此度、我が殿と奥方様が太閤殿下の花見の宴に招待され申した。醍醐寺にて催される予定だが、その場に殿下のお命を狙う曲者が紛れ込むようだという報せが入ったのでござる」

「その話はいずこから」

「詳細は明かせませぬが、真である可能性が高うござる。そこで、変化殿にはその宴に女中として潜入し、不届き者を見つけ出し成敗していただきたい」

要するに暗殺者の『暗殺』依頼か。同じものが過去いくつかあった。しかし、此度は天下人の命を狙っているという大掛かりなものだ。しかも大勢の客人が集まる宴の最中である。暗殺者も当然、相当手練《てだれ》の者と見てよいだろう。

「だが、なぜ私なのだ。わざわざ名指しした理由を聞きたい。そちらにはその任に適した者が大勢いると思うが」

「それが、宴に招待されたのは、我が殿と太閤殿下ご自身、殿下の若君の他はすべて女性なのでござる。自然、立ち働く者らもほとんどが女となり申す。沿道の警備には無論武士が当たるが、殿下の周囲にいるのは女性ばかり。目立たず下手人を見つけ出すには男では不都合がござる」

佐々木の話を聞いて、ようやく静はなるほどと得心した。女ばかりの宴に男がうろついていてはあからさまに目立つ。太閤が女ばかりを招待したということは、内々だけの穏やかなものにしたいがためだろう。侍がうろついていては不興を買うので、女を使いたい。だが、女ではそうそう腕の立つ者はいない。

そこで、静のことを知って依頼を直接出してきたのだろう。『風渡ノ変化』が女であることを知っている者らは風渡の外では限られているが、お抱えの忍軍を持つ後崎ならば、その筋から情報を入手しているかもしれない。

「それでは、若い忍びの者に女装をさせればよいのでは。そのくらいの変化は容易《たやす》かろう」

「残念ながら得手な者が若い忍びには少のうござる。失敗の許されぬ状況ゆえ、変化殿にお願いした。不埒者も女装をしている可能性がござる。注意していただきたい」

静は頷いた。

女ばかりの場で男が目立つならば、それは侵入者とて同じこと。ならばその者も変装をしている可能性がある。無論、宴の場に男が皆無というわけではないし、茶屋の運営などで入り込むことは可能だろう。あらゆることを考えなければならない。

「招待客の数は」

「千三百ほど」

「先の吉野の宴ほどではないが、それでも多いな。侵入者を見つけ出すのは骨が折れそうだ」

「無論、宴には変化殿以外にもこちらの手の者を配す。だが、太閤殿下の最も近くで働くのはあなただ」

静は佐々木の目を見た。心の読めぬ目だ。

最初から感じていた疑問を、ふと口にする。

「その暗殺者、何故太閤を狙う」

「……天下人は常に狙われるものでござる」

「太閤はすでに六十を越している。放っておいても近い内に死ぬだろう。それを何故、今、わざわざ？」

「不届き者の考えることなどわかり申さぬ。だが……」

佐々木はじっと考える。言葉を選びながら、慎重に答えた。

「太閤殿下は大陸への出兵を未だ計画しておられる。左様、殿下は老いている。だが、近い内に、とそのときを待ってはおれない、という者らは恐らく数多いるのでござろう」

確かに、明国への出兵は太閤の乱心と取る者もいる。すべての者を疲弊させ、諸侯らもなるたけ太閤の心を大陸へ向けさせまいと図ったが、不首尾に終わった。不利益を被る者が多く、何のための戦かとため息をつく民も多い。明国との商いで潤っている商人など尚更だろう。

それを再び、とあっては、確かにその前に確実に出兵を止めたいと思う人々はいるかもしれない。

佐々木は計画の手はずを静に伝え、自らも警備に当たるとした。宴は一日がかりで行われ、茶会や歌会など様々な催しが開かれるという。

「依頼の話が長くなり申した。まずは一献」

徳利を傾ける佐々木をかぶりを振って制する。飲むふりをすることもできるが、すでに成立している依頼の際には相手の機嫌をとる必要もない。

「いや、申し訳ないが私は酒は嗜まない」

「左様か。だが、こちらは変化殿のために用意したもの。お好きなように召し上がっていただきたい」

佐々木自身は酒肴に少しも箸をつけず、ごゆるりと、と立ち上がる。

「拙者はこれにて」

「もう行かれるか」

「無粋で申し訳ないが所用がござる。依頼の件、お頼み申す」

佐々木は先に座を辞した。乱波ごときに過分な対応だ。忍びなど下の下、と蔑んでろくに目も合わせない侍が多いというのに。

依頼人の使者が去っていくのを見送りながら、静は眉をひそめた。

佐々木の、歩く音がしない。

＊＊＊

宿泊先の旅籠に戻り夕餉の時刻になると、いつも通り、ひょいとセンが帰って来た。

白い頬に微かに血の気がのぼっている。どこかで酒を飲んできたとみえる。静はやれやれとため息をついた。

「今までどこへ行っていた」

「いやの、綺麗な鼈甲《べっこう》の簪があったんじゃ。美しい着物もあった。堺もなかなか面白いものがあったが、京はまた違うのう。洗練されておる。どれも静に似合いそうじゃと思って色々見ていたら、気づけばこの刻限よ」

「まったく……お前はまるで蝶《ちょう》だな」

甘い匂いのする花から花へ。一度何かに興味を引かれれば他が見えなくなってしまうのは困りものである。

渋い顔をしている静に構わず、堂々とその横にぴたりと座る。大男に寄り添われて一気に座敷が狭くなった。

「依頼人に会ったんじゃろ。どうじゃった」

「依頼人の使者に、だ。話の内容はわかった。だが……」

「何ぞ不審な点でもあったか」

膳をもうひとつくれと女中に頼み、早速酒を飲んで舌を鳴らしながら、世間話でもするように訊ねてくる。

不審な点は、いくつもあった。だがその多くは、言葉ではっきりと言えぬようなものだ。つまり、静の感覚である。

「あの使者、武士の風体をしていたが、恐らく忍びだ」

「おや。そうであったか。それが何か不審なのか？」

「乱波が武士に変じていても別段問題はない。私も任務の際は常に変装していたからな。素性を名乗らぬこともあるだろう。しかし、な。妙に引っかかる」

　これまで受けた依頼では感じなかった違和感だ。そもそも、命じてきたのが弘蔵の名代とはいえ縫姫というのが、すでに妙といえば妙だった。

　急ぎの依頼ゆえ、という話だが、これまでそういった場合には下忍頭や他の上忍らから伝えられたものだ。それが縫姫とは、異例のことだったので奇妙に思えた。もっとも、清兵衛も仕事で長く留守にしているし、他に適任がいなかっただけかもしれないが。

　そして、華やか過ぎる暗殺の舞台と、あの佐々木と名乗った男。最初の気配からして普通の侍には思えなんだが、十中八九自分と同じ忍びである。

　なぜ姿を偽ったか。名指しで依頼してきたというのに、こちらを信用していないのか。もしくは。

　考え込む静に、センがしなだれかかり、酒臭い息を吹きかけてくる。

「静ぅ、そう難しい顔をするでない。さっさと仕事を終わらせて、我と京を楽しもうぞ」

「お前は気楽だな。さっさと、とはいかんのだ、此度の件は」

中に声をかける。

「何じゃ、時間がかかるのか」

センは干し魚を食べ、漬物を噛んで酒を飲み干しながら、もうひとつ、と外を通った女
「太閤の催す花見の宴までまだ三日とある。仕事はそれまで待たねばならぬ」

「ほう、花見か！　よいのう、我も行きたいぞ」

「民を招いていた以前の吉野の宴とは違うのだ。此度の醍醐寺の招待客は女房女中衆らのみで女ばかり。お前は変装しても紛れ込めぬ。大女は目立つからな」

「なに。招待されぬと入れんのか。吝嗇《りんしょく》じゃのう、太閤といえば派手好みで有名ではないか。もそっと気前よくいかんものかのう」

「太閤ももう年だ。そう派手にやる元気もないだろう」

そう、醍醐の花見は、太閤の終わりが近いのを見て、最後の宴を華々しく、と計画されたものとも聞く。あの老人はもう長くないのだ。誰もがそれを知っている。

それを暗殺せんとするのもどこか得心がいかない。明国への出兵を止めるためとあっても、その計画は確か今年ではないはず。年を越せるかも危ういような者をわざわざ危険を冒して殺すだろうか。

それ以上に、静の感覚が何かを訴えている。これはもしかすると、見た目以上に危険な

仕事なのではないか。

「静は難しい顔ばかりしてつまらぬのう。せっかく京まで上ってきたというに」

相手にしてもらえないセンはキョロキョロと辺りを見回し、ふと、床の間に置いてあった琵琶に目を留めた。追加の酒を持ってきた女に訊ねる。

「のう、この琵琶は弾いてもよいのかな」

「え、はあ、そうどすな、古いもんで、ちゃんと鳴るかわかりまへんが」

「なに、ちょいと遊んでみるだけよ」

センは琵琶を抱えてばちを持つ。

「お前、琵琶など弾けるのか」

「すこぉしな。見様見真似で、触ったことはあるからの」

どうせ妓楼で女と戯れながら覚えたのだろう。さて何を弾くのやら、他の客から苦情が来なければよいがなどと食事を続けていると、センは琵琶を奏でながら、朗々とした声で歌い始める。

――遊びをせんとや生まれけむ、戯れせんとや生まれけん、遊ぶ子どもの声聞けば、我が身さえこそ動がるれ――

静は目を丸くして聞いていた。

まるでこんこんと湧き出る清水のような声であった。美しい旋律とともに、伸びやかで厚みのある、それでいて透き通るような、艶のある歌声が響いた。

「上手いではないか」

思わず、静は拍手した。技巧というよりも、生まれ持った声質がまず素晴らしい。あまり聞いたことのない歌声だった。平生ふざけて喋っているときとはまるで別人のようだ。

センは静に褒められて嬉しいのか、にこにこと上機嫌に琵琶をいじっている。

「歌はよいのう、人の戯れは面白きものよ。歌っておると心地よい」

「それだけのものが歌えれば、心地よいであろうよ」

「静は歌は好きか」

「聞いているだけならな。それにしても、随分と古い歌を知っている。昨今ほとんど歌われておらぬと思うが、いずこで覚えたのだ」

「さほどに古いか？　ちょっと前じゃろ。いずこで聞いたか忘れたが、よい歌じゃったからな、覚えてしもうた」

センが気に入るのも道理だ。子どもの心を歌ったような歌だが、その言葉はまるでセン自身の気性を表しているようである。

「お前、芸事でも食べていけそうだな」

「おや、そうかな？　歌い歩いて銭がもらえる日々は楽しかろうなぁ。遊び暮らしておるようなものじゃ」

「お前は普段から遊び暮らしているだろう」

「はは、言うのう。そんな日々も悪くないて。静が隣におればの話じゃが」

「私は……」

ふと、自分の未来を思って、静は言葉を切った。

静の体の変化を理由に、今後忍びの仕事は依頼されないだろう。このまま、風渡で誰かに嫁ぎ、子を産んで、普通の女として静かに暮らしてゆくのか。

あまりにも想像が及ばなかった。これまで忍びとして各地に赴き、様々な姿に身をやつして飛び回ってきた。

そして、城の地下でのセンとの出会いだ。到底、普通の女の日常とは言い難い日々を送ってきた。そんな自分に、平凡な生活が受け入れられるのだろうか。

思うままに行動してきた。忍びとして人生を買われたからには、忍びとして生きるつもりで仕事をまっとうし、その他は何の制限も受けつけなかった。

そもそも、忍び仕事だけを律儀に続けていたのは、それが静にとって自然な行いだったからだ。闇に紛れ、空気と化し、人の間をすり抜ける。それはひどく心地よい作業だった。

しかし普通の女となれば、あらゆる制約の中で生きなければならないのだろう。妻として、母として、家の中で夫の言うことを聞きながら暮らしていくのだろう。

（無理だろうな、私には）

考えるまでもなく、その結論に至る。考える前に行動してしまう静だ。決まり事だらけの家の中で暮らしていけるはずがない。

しかし無理だろうと何だろうと、風渡にいる限りはその将来しかない。それはわかっていたはずだった。甘んじて受け入れようとしていたのは、深く考えていなかったからだ。実際にその生活に入ったとき、これは自分にはできぬことだと理解すれば、また考えもせずにその場を去るのだろう。

それに比べて、センとあてどもなく放浪しながら暮らす日々はどうだろうか。

何の制約もない。何にも守られることはないし何の保証もないが、底抜けの自由が待っている。その方がよほど自分らしい、と静は思った。

「そうだな。お前と旅に出るのも悪くはないな」

「おお、そうか。ではゆこうぞ、この世の果てに出発じゃ」

「お前はいつも気が早い。まずはこの仕事を終えてから考える」

単純に喜んで抱きついてくるセンが愛おしい。

愛おしい、それも自分にしてはおかしな感覚だ、と静は思う。

センは静の『心』に一目惚れしたと言ってついて来た。自分はなぜセンを救いたいと思ったか、未だにわからない。ただのいつものような考えなしの衝動だったとしか言えない。

けれどセンと共に暮らす内に静は変わった。自分でも、なかったはずの情というものが仄かに芽生えてくるのを感じている。

「静や、やはり酒は飲まんのか」

「任務の最中だ。やめておく」

「今宵はここに泊まって寝るだけじゃろ？　少ぅしくらい、飲んでも構わんと思うがのう」

「……今は敵地にいると思っている。迂闊《うかつ》に酔っ払ってしまえば、いざというときに行動できぬ」

「ほう、敵地とな。よほど此度の依頼は恐ろしいものとみえる」

センは残念そうに差し出した徳利を引っ込め、自分の盃に注ぐ。

「それでは、今宵は無理かのう……」

「何がだ」

「決まっておるじゃろ」

肩を抱かれ、頬に吸いつかれる。酒の香とセンの甘い体臭が入り混じり、飲んでいない静までクラリとしてくる。

「できん……お前、始めると長いだろう。それに、旅籠には他の客もいる」

「ふふ。静のかわゆい声は大きいからの」

「お前が出させているんだろうが」

「それでは、互いに慰め合うというのはどうかな。入れてしまわねば、我も興奮し過ぎずに済む」

膳をそのままに、もつれるように隣の部屋に転がり込み、襖を閉めた。

二つ用意された臥所のひとつの上で座って抱き合い、口を吸い合いながら、センは着物の合わせ目から手を入れ静のたわわに実った乳房を優しく揉む。勃起した乳頭を指の腹で上下に跳ねるようになぶられれば、それだけで静の下腹部は熱くなった。

しつこく口を吸われていると、じわりと肌が汗ばんでくる。視界が霞《かす》み、体は自然に蕩けるようにセンの胸にしなだれかかっている。

(大きな男の体……。最初は同じほどの背丈だったとは信じられん……)

今やまるで大人と子どもほどの違いがある。センの大きな掌いっぱいにあふれる乳房を揉みしだかれ、長い逞しい腕で抱きすくめられているのを思うと、興奮が迫り上がってくる。

「ん……ふ……セン……」

「静の舌は美味いのう……静の体はどこもかしこも美味い。丸呑みにしてしまいたいほどじゃ……」

蛇の呪いを持つ者が言うと冗談に聞こえない。センは着物からぼろんとこぼれ出た豊かな乳房に顔を寄せ乳首を強く吸った。腹の奥が甘く疼く。愛液がこぼれるのがわかってしまう。

「はぅっ……、う、んぅ、う」

「静は乳房をいじられるのが好きじゃな……肌からよい香りがしておるぞ」

センは静の乳首を吸いながら着物の裾に手を割り入れる。腰布の奥に忍ばせた指は潤った割れ目をぬるりとなぞった。

「はあ、ぁ……あ、ふ」

「ほんにかわゆいのう……今宵は心ゆくまで味わわせてもらうぞ……」

センは待ちきれないというように静を押し倒し、脚を開かせて布を払い除け、いきなり割れ目に舌を差し込んだ。

「はぅっ……！　う、セン、おい……、はぁ、あ、そう、急くな……」

「新鮮な獲物が目の前にあるのじゃ……誰が我慢できよう」

センの異様に長い舌がにゅるにゅると奥へ埋没する。二又の肉厚の舌は静の中をねっとりと這い回り、子壺の入り口をくすぐりながらゆるゆると出入りする。

あまりに奥まで入るのに驚き、静はのけぞって喘いだ。

「ふぅっ、う、うぅ、こ、これは……、ぁ、ぁあう、う、入れるのと、変わらぬ、ではないかぁ……っ、あ、あうぅ」

静は快楽に耐えようと腰をくねらせながら、ともすれば大きくなってしまいそうな声を抑えようと袂《たもと》を噛む。

腰の奥で蛇の舌がちろちろと最奥を舐めている。たまらぬ心地に静は汗を滲ませた肌を光らせ、痙攣して達した。

「はうぅ、う……っ、う、ふ、はぁ……」

「おう、おう、あふれてきたのう……美味い、美味い……」

ぴちゃぴちゃくちゅくちゅと遠慮のない音をさせてセンが静の蜜を啜っている。センの舌は飽くまで優しく静の膣肉を舐め、膨らんだ肉芽を唇と歯でもてあそぶ。穏やかだが執拗でとめどない快楽に、静は高い声を出してしまいそうになる。

「うぅ、う、も、無理、だ……、声、がぁ」

「ならば、我のもので塞いではどうかな」

センはまるで子どもにするように静を軽々と抱え上げると、ころりと寝転がって頭と足を逆さにし、静の目の前に己の腰がくるように体勢を変えた。センが下肢の衣を脱ぎ、反り返るものをあらわにする。静はその大きさを目の当たりにして唾を飲んだ。

(こ、こんな大きなものを、私は……)

信じられなかった。巨大な蛇が二本、血管を浮かせてセンの黒い叢から生えている。静の腕ほどもあるのではないか。自分はこれを膣に呑み込んでいたというのか。

「根本まで埋没させねば、あれは出て来んでのう、安心せい」

「あ、あれ?」

「あのとげとげじゃ」

確かに少し触れてみても、それはなめらかであの突起があろうとは思えない。むわりと立ち上るセンの濃く甘い体臭に頭の奥が痺れるようだ。

誘われるように、静はセンを頬張った。先端を入れただけで、顎が外れそうになる。

(ふ、太い……なぜこんなものを二本も入れられて、私は傷ついていないのだ……)

懸命に亀頭をしゃぶり、呑み込めぬ幹ともう一本を両手で擦り立てながら、静は興奮に呑まれて目を潤ませる。

静は痛みには鈍いが傷に気づかぬほどではない。センとの交合の後、しばらくは腰が広がったような感覚があるが、そこが裂けた様子はない。

「ほお……巧いのう、静は……心地よい……」

懸命に交互に二本の蛇に奉仕しているとセンが感嘆のため息をつく。

しばらくすると、先走りか、大きな亀頭の先端からじゅわりと汁をこぼし始める。それは濃厚な甘い味で、まるで蜜のようだ。それでいて酒のような芳香があり、静はセンの陰茎を舐めているだけで酩酊するようだった。体臭も体液も何もかも、センは人間離れしている。

ふいに、センの太さに拡げられた唇が楽になった。皮膚が柔らかくなったように感じる。もしかすると、そういった作用のために静の秘処は傷つかないのだろうか。

下で静に吸いついているセンは飽かず静の中を舌で探っている。美味い、美味いと言いながら夢中で静の体に舌鼓を打っている。蛇の舌は時折穴蔵から出てきては花びらを一枚一枚丹念に舐める。珊瑚玉に巻きついてきゅうきゅうと扱かれれば、静は腰が砕けたようになってガクガクと震えてしまう。外側を味わっている間、女陰には指を差し入れ、こりゅこりゅと中のしこりを転がされ、静は震えて潮を噴く。

「ふんぅっ！　うぅ、ふ……あはぁ……」

「おお、よいのう、よい……美味い、こちらも美味いぞ……」

潮まで舌を鳴らして飲み下しながら、センは長々と執拗に静の股間に顔を埋めている。

まるで粘液状の物怪に下肢にへばりつかれているような錯覚に陥るが、目の前の凶悪な男根を見てそういえばセンであったと思い出す。

「静のここは大きくてかわゆいのう……口に入れて吸いやすい……」

「んぅっ、は、ふ、あぁ、う」

センはしつこく勃起した花芯を舐めしゃぶっている。ちゅうと音を立てて吸いつき、二又の舌で扱くのだ。たまらずに達し、愛液がしとどにこぼれる。

「あはぅ、ふ、はぁ、んう……あぁ」

「ふふ、かわゆい……静はここが好きかな。中の方がよいか」

「ん、う……ど、どちらも、いい……、は、うぅ、はぁ」

まるで媚薬を飲んだように肌が熱くなっている。センのものをしゃぶっていると、下をセンの舌に犯されていることもあり、頬張っているのに下に挿入されているような奇妙な感覚に陥る。

（こんな大きなものを入れられて、奥を穿《うが》たれて、一日中、気を失うまで、私は……）

男根を咥《くわ》えながらうっとりとあの激しい交わりを反芻していると、繊細な舌のくすぐりにも呆気なく静は忘我に飛ばされる。

「はうぅ、ふ、は、はぁあ………」

「おう……おう……たっぷり出てきたのう……美味い、美味ぃ……」

達した静の膣からあふれた蜜を一滴もこぼさぬように貪るセン。その舌や唇の動きにまで感じ、幾度も小さく達してしまう。

「ふ、はぁ、ふ、んぅ……っ」

体をぴくぴくと小刻みに震わせながらセンに吸いつき、静はうっとりとして甘美な法悦を味わっている。ぴちゃぴちゃと舌を鳴らすセンは、一層みなぎった男根を持て余したように腰を揺らす。

「はぁ……たまらんのう……すまぬ、静よ……ちぃっとだけ、入れてもよいかのう……先っちょだけじゃ、ほんの少し……」

「ん……、ふ……、し、しかし、声が……」

「我の羽織を噛んでおればよい。の、ほれ……」

すでに快楽に蕩けきっている静は、センの誘いをやすやすと受け入れる。

再び容易くひっくり返され、静はセンの衣を枕に腰を抱え上げられる。

「んぅっ、ふうっ！」

後ろからぐじゅりと大きな蛇の頭が埋没した。先ほどまで優しい蛇の舌で愛撫されていた女陰は、突然乱暴に開かれ、仰天してぎゅうと強かに蛇の頭を絞った。

「ほお、おぉ……よい、よいのう……あぁ、たまらんのう……」

先端だけと言ったのに、即座にその言葉を裏切ってセンはずっぷりと腰を奥まで沈める。繊細な舌先の動きで甘い悦楽を味わっていた子壺は、打って変わって凶悪な質量のものにごりゅんと抉られ、戦慄して大きく痙攣した。

（太い、太い、長いっ……、大きいぃ、ああ、いい、しぬぅ……）

巨根を食い締めた膣から、どっぷりと蜜が噴きこぼれるのがわかる。長大なものに中をみっちりと埋められて、静は息も絶え絶えに快楽を味わった。ぐりゅ、と子壺の口を押し上げられ、尻がビクビクと震えた。また、達した。

「ああ、すまぬ、少し、少し、動くからの……」

センはことごとく約束を反故にし、本能のままに動き始める。ずぶ濡れのぬかるんだ陰路をぐっちゃぐっちゃと物凄い音をさせて蜜を飛び散らせ巨根を激しく出し入れする。

「ふうぅっ、うぐぅ、う、うぅ……っ」

瞼の裏でチカチカと火花が散る。静は叫びそうになるのをこらえ、必死で衣を噛む。背後から極太のものをどちゅどちゅと突き入れられ、湧き出た無数の突起にぞりぞりとぬかるんだ膣肉を捲り上げられて、静は目を白くしてまた絶頂に達した。

「うグッ！　ふうぅ、う、んうぅううぅ……………」

「おお、締まる、あぁ、心地よい、やはり静の中は極楽じゃ……あぁ……腰が止まらぬ……あぁ……よい、よいぞ……」

叫ばずとも、じゅっぽじゅっぽと派手な水音が部屋に響き、それだけでやすやすと露見してしまいそうである。しかし濡れるのを止めることはできない。センのものにみっちりと埋められているだけで、勝手にあふれ出てしまうのだ。

臍の裏を擦り立てられ、潮を噴きながら静は痙攣した。浮いた膝がガクガクと震える。持ち上げられた下半身を後ろから好きなように犯され、静は被虐的な興奮にのぼせた。

ずぶ濡れで蕩けきった頃合いに、結局いつも通り二匹目が頭を潜り込ませてくる。頭が真っ白になり、辛うじて残っていた理性も粉々に砕け散る。

「んぉ……っ、ぐ、ふんうぅぅウ……っ」

「すまぬのう……片割れが仲間はずれは嫌じゃと申しての……二匹は仲良しじゃから同じ穴で戯れたいのよ……静がかわゆ過ぎるからのう、仕方ないのじゃ……」

背中からセンが覆いかぶさり、汗の流れる静の首筋を吸いながら、ゆるゆると蠢く。

「ここは敵地だということじゃが……何かくれれば我が払ってやるから安心せい……まあよほど勘の鈍い者でなければ、ここへは来れまいがの……この辺りには敵意のある者には容赦なく攻撃する蛇がおるようじゃからな……」

じゅぼじゅぼずっぷずっぷと凄絶な水音が響き渡る。二匹の蛇は争って静の中を出入りし、静は極彩色の絶頂地獄に落とされ、この世のものではないような凄惨な法悦に、必死に衣を噛んで獣のように呻き続けた。

「ううぅ、ふううぅ、んぅ、あぉ、お、はぁ、はぁ、んふううぅ」

「静、静ぅ、かわゆいのう、かわゆいのう……あぁ、やめられぬ……このまま日がな一日耽《ふけ》っていたいのう……」

無意識に逃げようとする静をガッチリと上から抱き込んでずっぷりと奥まで突き立てながら、センは恍惚として静を味わっている。

後ろから腕を回して乳房を揉みしだき乳頭をこねくり回し、もう一方の手で膨らんだ花芯を優しく転がす。数多の刺激にもがいてよがり抜きながら、静は何度も意識を飛ばした。

(あぁ、いい、いぃ、思い切り叫びたい、獣のように快楽を吐いて思う存分すべて貪りたい……)

声をこらえねばならぬこの状況では、本能のままに貪ることができない。けれど、抑え込むことでまた違った法悦があるのを感じてしまっている。

内に籠もる快楽は外に出きらず体内を巡り、発酵するように練れていく。それはまるで喉の奥に絡みつくような息苦しさを保ちながら、官能のぬるま湯に身をうずめ、絶えず忘我の甘やかな腕に抱かれているかのごとき快さを静に与えた。

快感を我慢などしたことがない静には初めての発見であり、こらえることで新たな絶頂を味わえることに驚嘆していた。だがやはり、ずっと声を上げたいのを忍んでいるというのは慣れない。こちらの苦悩など知らず、センは思うままに静を抱く。

（こうなってしまうのはわかっていたはずなのに、なぜ、私は……）

芥子粒《けしつぶ》ほどの小ささになった思考で悔いながらも、結局静自身本能に抗えぬ身。センといる限りは欲しがってしまうのだろうと諦めた。

二人の交合は延々と続き、空の白む頃になってようやく、センは不承不承、静の中にたっぷり放って、ことを終えた。

「もっとじっくりと楽しみたかったのう……」

すでに普通の人間の倍以上に交わっていただろうが、と疲れ果て細々とした声で抗議するが、無論センには伝わらない。

宿の者にも当然夜通し何をしていたかは露見しており、事情を汲まれて昼近くに朝餉を用意された。女中にちらちらとこちらの顔を見られながら膳を置かれ、さすがの静も下を向く。

「もうこの旅籠には泊まれんな……。今宵は別のところを探そう」

「ん？　何故じゃ。いちいち場所を変えるのも面倒ではないか」

「誰のせいだと思っている」

じろり、とセンを睨みつけるが、子犬のような目でキョトンとしているだけだ。

その呪いは蛇だが、しつけのできぬ人懐こい狼を飼っているような心地になった静である。

＊＊＊

どうも後崎家の使いという佐々木忠真の怪しさが気になり、静はその日一計を案じた。町で情報を集め後崎家家臣らが逗留する場所を突き止め、黄昏時にそこから夜の町へと繰り出してゆく侍の後をつける。

男たちは男女の笑い声や弦楽、調子外れな歌がやかましく響く、周囲の中でもひときわ賑やかな『若竹屋《わかたけや》』という店に入って行った。それを見て静は隣を歩くセンの袂を引き、

「あそこへ入るぞ」と促す。

「あれは酒を飲む店か」

「女も用意するだろう」

「何じゃ、静は女も好きか」

「たわけ。流れは話した通りだ。さっさと行くぞ」

二人は旅の夫婦という風体で若竹屋へ入り、料理と酒を運んでくれるだけでよいから、と女の接待を断った。

静は店で働く女たちを観察し、すぐに自分も同じ装いに変じる。髪を唐輪髷《からわまげ》に結い上げ、華やかな化粧を肌に乗せる。赤い派手な小袖を着て黒い帯を締めれば、あっという間に若竹屋の女中と見紛う姿になった。

「おお、見事なものじゃな」

酒を飲みながら見ていたセンは、初めて目の当たりにする静の変装に目を丸くしている。

「じゃが、静はこのような店で働く女にしては美し過ぎるな。偉い殿様にでも見初められたら厄介じゃ」

「そんなことは起きぬから安心しろ。あの侍どもの部屋に行くだけだ」

すでに男たちが通された部屋は確認済みだ。静は様子を窺い、相手をしている女がその部屋を出て、しばらくして酒を持って戻ってゆくのを、センに目配せして呼び止めさせる。

「おぅい、そこな女子よ」

「はい、なんでっしゃろか」

女が部屋を覗くと、センが美しい微笑を浮かべている。はっと女の頬が染まった。

「ちぃと相手をしてくれんかのう。妻が急用で先に出て行ってしまったもんでな、寂しいのじゃ」

「はあ、けど、今は……」

すかさず静が後ろから来て、「うち代わりに持って行ったるわ」と女の持っていた盆を自然に攫っていった。センに視線が吸い寄せられている女は、ろくに静の顔も見ずに部屋の襖を閉めた。

静が侍たちの座敷に入ると、男二人はすでに酒を飲んで赤ら顔だ。静が店の女らしい媚びた笑みを浮かべて酌を始めると、男たちは互いの顔を見てにやりとした。

「先ほどの女とは違うな」

「ええ、馴染みのお客はんがいらして、無理やり引っ張られてしもて、代わりに頼まれまして。うちじゃだめでっしゃろか」

「いや、いや、そなたの方がよい。京の女は皆可愛いが、そなたは格別だな。生まれも育ちもここか」

静はにっこり笑って頷く。忍びは各地で情報収集をしても怪しまれないために、その土地の訛りを覚える。京都の喋りはお手の物だ。

「ええ。京から出たことはあらしまへん。お侍さまがたは、どちらから」

「拙者どもは加賀から参った。聞き及んでおろう、太閤さまの此度の花見を」

「まあ、あれに招かれたんどすか。すごいわあ、ご立派」

「我が殿は太閤殿下の親しい友人でもあるからな。此度宴の場に招かれた大名は殿のみではないか。他は女子ばかりだという話じゃ」

酒が進み場が和んできた頃合いで、静は訊ねる。

「ああ、加賀といえば、昨日お客さん来はったわ。後崎さまのご家来の、佐々木忠真いう人ですわ。若いのに貫禄があって、ご立派な方で。丁度お侍さまがたと同じくらいの。お仲間でっしゃろか」

侍たちは顔を見合わせる。

「佐々木……聞いたことあるか」

「いや、ない。我らと歳が近い者ならばすべて把握していると思ったが……。少なくとも共に京に上った中にはおるまい」

「まあ……、私の覚え違いでっしゃろか。けど、確かにそないなお名前どした」

「自分を大きゅう見せるために殿の家臣と騙ったのであろう。大方、そなたの気を引くためじゃな」

「はは、違いない。正体はどこかの落ちぶれた浪人か何かであろう」

男たちと共に笑いながら、静はやはり、と心の中で呟く。

（あの者、後崎の家臣などではなかった。では、一体誰だ。此度の依頼は、一体誰が私を指名したのだ。何のために……）

後崎の家臣に佐々木のことを訊ねるために打った芝居だったが、結果は予想していた通りだった。あの男はあまりにも怪し過ぎたのだ。忍びでありながら、それを隠して侍のふりをしていたのは明らかで、それが何のために、というのがわからない。乱波と露見してまずいのだろうか。

京を選んだのも、恐らくは、太閤が催す今回の花見の招待客がほとんど女というのを都合よく使いたかったためだろう。静をもっともらしい理由で呼び出すために。それは一体なぜなのか。

静は巧みに男たちに酒を飲ませ酔っ払わせて、新しいものを持ってくると言って座敷を出た。

（一刻も早く京を離れた方がいいのやもしれぬ。いや、もしくは、この依頼はただ私を村から遠ざけるための……？）

深く考えに沈みながら、素早く元いた部屋に戻り、襖を開ける。

背筋に寒気が走る。その瞬間、静の目の前で鋭く風が鳴った。

「くっ……！」

すんでのところで避けたが、油断していたために右腕を少し切られた。

部屋にはセンではなく、黒装束の乱波がいた。その者が刀で静を襲ったのだ。

状況を考える前に静は懐の忍刀で相手の間合いに入った。

「ぐっ！　くそっ……」

静のあまりに素早い動きに対応が一歩遅れ、刀が乱波の胸を切り裂く。

相手がこの場は不利と判断したのは一瞬だった。煙玉を投げられ、静が怯んだ隙に、不審者は逃げた。

座敷には乱波の血が数滴したたっている。静の傷は血が滲む程度で浅い。だが、傷口から漂う微かな臭いに静は顔色を変えた。

（毒だ。しまった。刀に塗り込めてあったか）

たとえ仕損じても、少しでも傷をつければ、後は毒がその者の命を奪ってくれる。

一瞬の油断に歯噛みしながら、すでに毒の回り始めた体が言うことを聞かなくなる。そのとき、部屋の外から慌ただしい足音が近づいてきた。

「静、すまぬ、何やら部屋を移ってくれと頼まれて……」

開けっ放しの襖から中を覗き込んだセンが、倒れている静を見て目を剥き、すぐに駆け寄って抱き起こす。

「おい、静！　どうした！」

「不覚、だ……毒の刃で、斬られた……」

「なに、毒だと」

センはすぐに静の腕についた傷口を見つける。そして、ものも言わずにそこへ吸いついた。静は仰天してセンを押しのけようとする。だが、岩のように頑なに動かない。

「お、おい……セン……だめだ、それでは、お前が」

「じっとしておれ。毒は我の専門じゃ。すべて吸い取ってくれよう」

すでに体を巡り始めた血をどうやって吸い取ろうというのか。

しかし、センはその言葉の通り、静の体内の毒をすべて口で集めているようであった。

痺れて呼吸もままならなくなっていた体が、次第に楽になってゆく。

やがて傷口から唇を離すと、センは心配げに静を見つめる。

「どうじゃ、静」

「うん……すまない……セン……」

「どうやら、間に合ったようじゃの」

静の回復を見て、センはホッとした顔でため息をついた。

「お前は、平気なのか……毒など……」

「言うたであろう、毒は我の専門よ。この血肉に毒は薬となりこそすれ、害するものではない」

静をぎゅうと抱き締め、頬に接吻し、憤りに燃える目で座敷を見回す。

「そなたを襲った相手は、誰じゃ。どこへ行った」

「わからぬ。どこぞの乱波で顔を覆っていたからな。背格好からして、男だろうとは思う。煙玉を投げられ、逃げられた。私の不覚だ……」

「このような場所で襲いに来るなど……つけられていたな。我らは監視されていた。なるほど、ここは敵地のようじゃ」

ふと、センは畳に落ちた赤い染みに目をやった。

「ここに血が数滴あるが……これは、敵のものじゃな」

「ああ……、そうだ。私が斬った」

「ふむ……これがあれば、捕まえたも同然」

センは染みに指を擦りつけ、それをくんくんと嗅ぎ、ぺろりと舐める。

そのとき、静は急激に意識が閉じられていくのを感じた。センが気づいて慌てて静を揺すぶるが、遠のいてゆく視界をどうしようもない。

「静……おい、静」

「すまな、い……セン……」

抱きかかえたセンに身を預け、静は目を閉じた。毒はセンが吸ったが、体がその負担に耐えられなかったのか。眠るように、意識が吸い込まれた。

(あのような、不覚……以前の私ならば、取らなかった)

肉体の変化も影響しているのだろうが、それ以上に心の変容が静を乱波として不完全にしている。

余計な情が入り込んでいるせいで、技が鈍る。勘が鈍る。昔の静ならば、襖を開ける前、いや、廊下を歩いているときにはもう敵の気配を察知できていたはずなのだ。

(情とは、何と厄介なものなのか)

わずかに残った体の感覚が、逞しいセンの腕に抱き締められるのを感じる。

「我の宝を傷つけた代償……高くつくぞ」

暗闇に、別人のように冷ややかなセンの声が聞こえた。

＊＊＊

波の音が聞こえる。

優しく体を揺らす、穏やかな水の声が。

いつも見る夢の景色だった。それは母の腹の中で聞いていたものか、または記憶もないほど幼い頃に訪れたいずこかの場所か。

『静、おっ母を恨んでくれるなよ』

骨ばって黄ばんだ節くれだった手が静の小さな頭を撫でる。

『あれは、決して鬼ではないんじゃ。しかしな、女手ひとつで、子どもを多く抱えて食ってはいかれん。加えて、お前はな……おっ母が産んだ子ではない』

静を忍びの隠れ里に売ることになり、出立する前夜。祖父は静を不憫に思ったか、昔話を語って聞かせてくれた。

『お前の本当のおっ母は、歩き巫女じゃった。安芸《あき》か周防《すおう》あたりの中国筋からやって来た女で、それは大層……お前もそうじゃが……美しかった。天女さまのようじゃった』

『きっと海の国だ。よく波の音の夢を見る』

『そうか、そうか。きっとそうじゃな。おっ母の腹の中で聞いておったに違いない。お前のおっ母はな、ここへやって来たとき臨月でな。お前を産み落とし、そして死んでしまった。それをな、今のお前のおっ母がこれまで育ててきたんじゃ』

『ふうん。そうだったんだ』

気のない返事をしながらも、静は、やはりそうか、と思っていた。

他の兄弟たちは、長男以外、皆奉公へやられている。いちばん下の静も、どこか商家にでも行くのかと思っていたら、忍びの里へ売られることになった。

――可哀想にねえ、誰も可愛い子を伊賀だの甲賀だのに売りゃしないよ。

――ほとんど死ぬとわかっているのにねえ。よほど困っていなけりゃね。しかも、あんなに綺麗な娘だっていうのにさ。妓楼に売る方がまだましだよ……。

村人たちの噂話を密かに聞いて、静は自分がこれから行く場所が決して楽しいところなどではないことを知った。

物心ついた頃から、自分だけ他の兄弟たちとは違うような気がしていた。それは母の態度や扱いもあるけれど、どこか、ここが自分の居場所ではないような、いるべき場所はもっと別のところであるような、ふしぎな感覚を持て余していたのだ。

『静、死ぬなよ。死にそうになったら、もう逃げてしまえ。帰って来い。じいちゃんが、どうにかお前を匿って、食わせてやるからな』

優しく髪の毛を撫でる祖父の枯れ木のような指の感触。

けれど、静を可哀想に思う祖父の心とは裏腹に、静は自分の運命を嘆くことはなかった。幼さゆえ、無知ゆえに、不幸を想像できなかったのかもしれない。

それは説明のつかない感覚だったが、これからここよりももっと奥深い山里へ行くというのに、なぜかそこに、一筋の流れる水の存在を、あの懐かしい水の声を、聞いたような気がしたのだ。

＊＊＊

風渡の里では、一種異様な空気が漂っていた。

縫姫が静が逃げたと触れ回っている。しかも、村の外の男と一緒に逐電したのだと。

女たちは激高した。日頃より淫売女と蔑んできた静だ。それが里を抜けたとあっては、もう怨敵以外の何ものでもなかった。

「我が村はよそ者を排除し完全に秘されることでその価値を保ってきた。それをやすやすと外部の者と繋がるとは言語道断。いかに優れた忍びであろうと、この狼藉到底許すことはできぬ」

杉野屋敷の白洲に下忍どもを集め、縫姫は厳しい面持ちで訴える。

男たちは顔を見合わせた。平生女たちが静を嫌っていることは知っていたが、それには関わらぬ立場を通してきた者たちが多い。静と関係した男たちは、なに、女どもが嫉妬しておると笑っていたくらいだ。

だが、縫姫に静が里を抜けた、よそ者の男と一緒だと言われてしまえば、無視することはできなかった。

まだ村長の弘蔵も、清兵衛も戻ってきていない。今の風渡で縫姫より立場が上の者もなく、従わねばならぬ。

「あの者はよそ者の男と一緒に里を抜けた不届き者じゃ。じきに父上が戻れば追手を放つ。しかしその前にあやつの気が変わって戻って来たとして、父上は許すやもしれぬが、村人たちは受け入れがたい者がほとんどじゃろう。帰る場所などないと示す必要がある」

「姫さま、しかし、どのように」

「あの者の家を荒らせ。家そのものを壊すのは骨じゃろう。そこまでの労力をあの者にかけることはない。今宵は風も強いゆえ、火をつければ他に燃え移るやもしれぬしのう。

じゃが、ここにおれば害されると、見て理解させねばならぬ。蔑まれているのだとわからせねばならぬ」

縫姫の命令は陰湿なものだった。静の家の中のすべてを破壊しろという。そしてそこで用を足せ、家のあちこちで糞便を垂れろと言った。

下忍たちは妙な仕事に誰もが渋い顔をしたが、その命令を跳ね除けることもできなかった。そうすれば自分らとて迫害されるやもしれぬのだ。

元々この村に生まれ育った者もあるが、そういった者はもとより、子どもの内に忍びとして近隣から買われてきた者らも、この村を出ては生きてゆけない。何も言わずに去れば抜け忍として追手が襲い来て殺される。それに怯えて過ごしながらも自由を取るか、この里で飼い殺しにされるか。大半の者は、楽な方を取った。

縫姫はその夜、下忍らを連れて静の家へ入った。

「手はず通りにせよ。何もかも壊しておしまい」

男たちが部屋中のものを破壊する間、縫姫はゆうゆうとその様を見守った。

（ここであの美しい物怪と暮らしておったのか……あの淫売め、好き放題にしおって。それももうしまいじゃ）

家の中を荒らすといっても、静の家には無駄なものがほとんどなかった。乱波として城や屋敷に忍び入った際に盗みを働き、それを銭に替えて懐を潤す者も少なくなかったが、そういったものも皆無だった。煮炊きをする鍋や竈《かまど》、少ない衣に薬を作る道具、農具の数々。生活に必要なものばかりを地道に折ったり砕いたりしてせっせと潰してゆくつまらぬ作業の中、男たちの表情は始終暗い。

だが、静の生活の痕跡が消されてゆくのを眺めているだけで、縫姫の心は歓喜に震えた。この村から、いや世界から、あの女が消える。そう想像するだけで体が震えるほどの幸福が縫姫を抱き締めた。

男たちは家中を壊す。そしてあちこちで小便をし、大便をした。

「そうじゃ、もっと壊せ。そして用を足すのじゃ。ほほほ、おお、臭い、臭い。なんという汚らしい家じゃ。おほほほほ」

笑いが止まらない。あの女の家は肥溜めとなるのだ。そう思うと縫姫は甘美な幸福に恍惚とした。

縫姫は知っている。いや、村の女ならば誰でも知っている。男たちが皆あの静という淫乱にたぶらかされていることを。関係を持たぬまでも、誰もが物欲しげな目であの女を見るのだ。美しい顔に、近年実ってきた体。忍びとしての技倆《ぎりょう》は申し分なく、憧れもあるのだろう。他の女たちとは明らかに違う、異質な存在。男たちは皆欲しがり、女たちは皆嫌悪した。

それが今、男らによってあの女の家が汚されている。踏み躙られ、なぶられている。これほど面白いことがあろうか。

縫姫が目の前の光景を楽しんでいる最中、ふと、足元にコツンと当たるものがある。見下ろしてみれば、随分と古びた壺であった。

「何じゃ、この汚らしい壺は……」

誘い込まれるように、縫姫は壺の栓《せん》を引っ張ってみる。随分と傷んでおり、簡単に取れたので、中を覗いてみた。

暗闇だ。何も入っていないのか、と目を凝らす。

すると、ほとんど真っ暗な壺の奥に、何か禍々しいものがとぐろを巻くように蠢いているのが見えた。

縫姫は金切り声を上げて思わずのけぞり、たたらを踏んだつま先が壺を蹴った。

「姫様！　どうされた」

「蛇、蛇が」

柱にぶつかった壺は乾いた音を立て、いとも容易く割れた。蛇はいない。

「見間違いではございませぬか」

「そ、そんなはずは……」

しかしいくら見ようともその姿はない。一体今のは何だったのか。

縫姫は気分が悪くなって蹲《うずくま》った。姫さま、と駆け寄る下忍らを手振りで払い、めまいの中懸命に立ち上がる。

「妾は屋敷に戻る……。後はお前たちに任せた」

「このまま進めてよろしいので」

「ああ。何もかも粉々にしておしまい。その壺にも糞を垂れろ。糞壺にせよ」

一人で歩いて帰ろうとしたが、どうしたことかうまく足を前に踏み出せない。仕方なく男に頼んでおぶってもらい、運ばれた。

頭が靄がかかったようにぼやけている。視界はぐるぐると渦を巻くように回り続け、起きながら悪夢を見ているようだ。

(この感覚は……あの夜に、似ている気がする……)

静とあの美しい物怪の交わりを森で見た、あの夜。まるで操られるかのように、あの湖に足を運んでいた。

あそこで見た恐ろしいみだらな光景。静を犯していたあの物怪。

あの、男。闇そのものの目をした、あの――

部屋の寝床に横になった瞬間、縫姫は全身を締めつけられるような苦痛に襲われ、胃の腑から込み上げた何かを吐いた。血だ。

地獄が始まった。

＊＊＊

センは旅籠を取って意識を失った静を寝かせると、一人宿を出た。

乱波の血の臭いを辿る。血の臭いはたとえ少量でもよく臭う。

辿り着いたのは、山裾にある朽ち果てた寺の跡だった。廃墟となりながらも辛うじて残った小さな僧堂《そうどう》に人の気配があった。

ぽつぽつと雨が降り始める。空が急に暗くなった。

生ぬるい風が唸《うな》りを上げ、瓦礫《がれき》が放置された境内を寒々と吹き抜ける。

(大雨になるな)

センは嵐の気配を感じながら静かに歩みを進めた。

一方、朽ちた僧堂の中。

燭台《しょくだい》ひとつの脆弱《ぜいじゃく》な灯りの中、男が傷口を布で固く縛っていた。

見た目よりも存外深く斬られたものらしく、血が止まらぬ。若い男の白い肌が、更に青みを帯びた蒼白に変ずる。

名人とは、どんななまくら刀でもその技倆《ぎりょう》ですべてのものを断つ。その太刀筋は鋭く美しく、斬られた者もしばらく気づかぬほどであるという。この傷は、まさしくそれだった。

完全に不意を突いたつもりが、この反撃。あまりにも一瞬のことで、常になく肝が冷えた。あと少しでも判断が遅れていたら、自分は死んでいただろう。

「さすがは、風渡ノ変化……」

「ああ、我が妻を見くびった罰じゃ」

突如降ってきた声に、男は跳ね上がって剝き出しの梁に逆さに張りついた。

気配がなかった。突然の奇妙な闖入者を警戒し、男は神経を研ぎ澄ませる。

「おや、面白い。蜘蛛のようじゃな」

「何者」

「おぬしが傷つけた女の夫よ。……と、いうことにしてもらえんかの」

隙だらけだ。そう判断すると男は即座に飛び降りて刀を抜き、相手の胸をずばりと薙ぎ切った。

　だが、おかしい。確かに斬った感触はあったというのに、噴き出すはずの血が一滴も出ない。侵入者は平然と直立している。無論、毒が効いている様子もない。

　男は混乱し、もう一太刀浴びせた。だが、同じことである。

　斬った。だが、何も起きない。

　足元から這い登るような戦慄に、男は刀を構えたままぶるりと震えた。

「な、なに……何故……」

「おやおや。話し合いをしようというに、突然刀で斬ってくるとは、野蛮な男よ」

「貴様……、一体」

「斬っても死なぬのだから物怪じゃろ、恐らくな」

　終始適当な調子なのが、より一層不気味である。

　よく見れば随分と大きな男である。だが、姿がよく見えぬ。その顔にあるはずの瞳も闇の中に溶け込んでいる。ちらとでも灯りを映して光るはずの目が、そこになかった。

　雨が降り始めている。風が鳴る音が聞こえ、穴の空いた僧堂の屋根から入り込んだ雨が床を濡らした。春の嵐が訪れそうな気配に、不穏な雷雲の唸りが黴臭い廃墟に轟《とどろ》く。

　相対している男は斬っても傷ができず、顔も見えぬ。

まさか、本物の物怪か。応仁の乱が生み出した幽鬼ではないか。

男は密かに息を呑んだ。いや、そんなものがいてなるものか。

(乱波の幻術か。俺が弱っているがゆえに、見抜けなんだか)

こちらが深い傷を抱えていることを見抜かれてはいけない。弱っているとみれば、これが幻術であろうとたちまち本体が襲いかかって来よう。男は警戒を解かずに不審者に問うた。

「物怪よ。ここへ何をしに来た」

「おぬしにすべてを話してもらおうと思ってのう」

「すべてとは」

「おぬしは何者じゃ。何故、静をここへ呼び寄せた」

静、と女の名を口にする。それは風渡ノ変化の名か。

「何のことだか……」

「おい、とぼけるのは時間の無駄ぞ」

場違いにも、物怪は喉の奥で笑っている。

「何なら、おぬしの傷口におぬしが使った毒をそのまま注ぎ込んでやろうか。静から吸ったものも蓄えてあるぞ。おぬしは毒に耐性があるやもしれぬが、我の体内を循環した毒では瞬く間に死に至る。言っておくが、我はおぬしが誰であろうが構わぬし、何故静を呼び寄せたかもどうでもよいのだ。我の意に沿わねば苦しむ羽目になるぞ」

男は目を瞠った。

(毒のことを知っている。しかも、風渡ノ変化から吸った、だと……)

一体どういう手法を使ったのかわからぬが、この物怪はあの乱波を救ったらしい。そして、傷口から吸った毒を用いることもできるという。

(意味がわからぬ……滅茶苦茶だ。そんな術はこれまで見たことも聞いたこともない)

毒を使い続けて数十年。先代から引き継いだ技も合わせ、自分は毒にかけてはどの乱波よりも深い知識があると自負してきた。毒によって葬った者も数知れぬ。己でも微量ずつ用いて、物怪の言う通り耐性を備えてある。解毒薬も無論常備している。

だが、そんな自分をもってして、この物怪の技は理解不能だった。いや、ただ偽りを口にしているだけなのか。

だが、この不気味な相手を軽んじるわけにはいかない。男が毒を用いたことを知っている上に、隠れ処にまで訪れているのである。

(毒のことが真か偽りかわからぬが、少なくともこやつは俺を見つけた……後をつけられたか？　いや、そんな気配はなかったが……)

気味の悪い侵入者を前に、男は迷った。

従うべきか。逃げるべきか。戦うべきか。

だが、恐らくどこへ逃げてもこの物怪は追って来る。この体では面妖な術を使うこの相手には勝てまい。

男の決断は早かった。

「わかった、話そう。風渡ノ変化に依頼した経緯を」

まずは自分の命が優先である。勝機がある敵ならばまた別だが、恐らくそんなものはない。加えて、自分には主のために死ぬような忠誠心はないのだ。真っ当な侍の真似をして命を散らしても何が誉か。

自分は名もなく陰に生き、密かに死んでゆく忍びという生き物だ。己の利のために生きる。たとえ雇い主を売ることになろうとも。

物怪はゆるりとした調子で訊ねた。

「まず、おぬしは何者じゃ」

「俺は毒虫と呼ばれている。長尾《ながお》家に仕える忍びだ」

「長尾家とな?」

「風渡の郷士だ。毒虫と呼ばれる忍びは俺一人ではない。何代にも渡って毒虫を名乗ってきた。同時に複数の毒虫が存在している。俺はお藤《ふじ》さまが杉野家に嫁いだ折にお供し、現在はその姫君、縫姫さまにお仕えしている」

「ふむ……何やら複雑じゃの。それでは杉野家に仕えていると言ってよさそうなものじゃが、女は他家に嫁しても家を背負っているということかな。まあ、それはよいとして……やはり縫姫とやらか、依頼の主は」

「ああ、その通りだ」

毒虫は仕事を命じる際の縫姫の恍惚とした顔を思い出す。

あの姫君は憎い相手を殺すという夢想に耽るとき、まるで交合の折に女が法悦を味わうときのような表情をする。平生は冷たい能面のような顔をしているのに、人を殺す計画を立てるそのときだけ、頬に血の気がのぼり、細い目にみだらな輝きが灯るのだ。以前兄の清兵衛に近づいた侍女を殺したときもそうだった。

「伝え聞いていた太閤の花見が偽りの仕事に相応しいと俺が進言した。女であることがよいのと、大きな仕事ゆえに偽りとは思われぬと考えた」

「ふむ。大層な舞台が依頼の場に丁度よいと判断したのじゃな。で、偽りの依頼をしたのは、やはり静を殺すためか」

「そうだ。あの天性の忍び相手に闇討ちは難しい。依頼の最中であれば隙ができる。自分が誰かを狙うとき、神経は相手に集中し、己自身は無防備になるものだ。どんな手練れでも背後への油断が生まれる」

「なるほどのう。そしてずっと静を監視し、おぬしが後崎の家臣などではないことが露見したゆえに、その場で斬ったか」

「ああ……そうだ」

途中で風渡ノ変化が気づくという想定はしていた。彼女の勘の鋭さは人間離れしている。後にできることは、なるべく早くことを起こすこと。時が経てば経つほど警戒されてしまう。混乱している最中に襲わねば、心が整い隙がまったくなくなってしまう。

そして、その判断は間違っていなかったはずだった。すべては計画通りだったはず。

この物怪の存在を除いては。

「よう話してくれたな。感謝するぞ」

「……俺も問うてよいか」

「ああ、よいぞ。答えられるかは知らんがの」

「どうやって俺の居場所を突き止めた」

「何じゃ、そんなことか。臭いじゃ」

「なに。臭いだと」

「おぬし、静に斬られて座敷に数滴血を垂らしおったじゃろ。その臭いを辿って来た」

そんな馬鹿な。そう口にしかけて、呑み込んだ。

この時期人であふれかえった京の都で、たった数滴の血の臭いを頼りに居場所を嗅ぎ当てるとは、獣でもあり得ないような嗅覚だ。しかし、この者は物怪。どんなにあり得ないことでもしてのけるのだろう。そう思うしかない。

「貴様は……何者なのだ。何故、風渡ノ変化の側にいる」

「ふむ……そうじゃのう。おぬしと似た部分もあるぞ。仕えるのではなく惚れて一緒にいるだけじゃが、毒虫などという名も我が名乗ってもよさそうなものじゃ」

「貴様は乱波か。毒を使うのか」

「乱波ではないが、毒は使うのう。使うと言うか、な。毒そのものと言うべきか……」

ふと、物怪が言葉を切った。

今までゆらゆらと動いていたものが、彫像のように動かない。

気配が妙だ。火薬が爆発する直前のような、不穏な気配が辺りを包む。

(何だ、これは。何が起きている)

毒虫は常ならぬ寒気に襲われた。物怪は沈黙し、固まったまま動かない。

「おい……？　おい、貴様、どうした」

「来た」

物怪が短く、言った。

「来た……？」

「来た……来たぞ。ついに……ついに、やってくれたのう」

あらぬところを見上げ呟いている。

「はは……誘ってはおったが、随分と早かった……感謝する……感謝するぞ……」

「い、一体……な……何を……」

キン、と甲高い音が耳元で鳴った。空気が割れる。砕け落ちる。

僧堂が異世界へと変じている。天地が逆になったかのように目が回る。ねっとりとした冷たい何かに包まれている。それは毒虫の体の無数の毛穴から忍び込み、臓腑まで染み渡ろうとしている。

毒虫は悟った。自分は今、何か恐ろしい瞬間に立ち会っている。

忍びの勘が、毒虫を急き立てる。

死ぬ。ここにいては、確実に死ぬ。

だが、すでに肉体を己の意志では操作できない。

舌が震えて、動かせぬ。

喉が麻痺し、呼吸ができない。

（こ、これは、毒じゃ。一体、どこから、いつ……）

物怪の髪が宙に舞い、暗闇の中を紫色の煙が漂った。

暗黒だった物怪の瞳がぽう、と赤く光る。むせ返るような甘い、しかし邪悪な禍々しい香りが立ち上る。

目に見えぬおぞましい瘴気が物怪の全身からどうと放たれた。毒虫の体が一刹那浮き、床に叩き落とされた。

衝撃に四肢を引き攣らせ、瀕死の毒虫の目は、物怪に絡まる大蛇を見た。

（蛇……？　いや……あれは……毒の………神………）

五彩に輝く鱗《うろこ》を持つ蛇は玉の如き眩い光を放つ。渦巻く体から立ち上る毒霧は煙となって昇天し、その様は毒々しくも、神々しい。

大蛇はとどまることなく膨張し、とうとう僧堂の屋根を突き抜けた。

嵐が吹き込み、廃屋は瞬く間に四散した。重く垂れ込めた雲の合間で稲妻が唸った。

「ああ……このような心持ちになるとは……何とも、愉快じゃ。我は、我は……これで、解放された……はは、ははは………」

物怪にはもう毒虫が見えていない。その目は異なる場所を見ているかのようだ。

巨大な蛇を背負いながら、物怪は嬉しくてたまらないというように辺りを飛び回った。

そしてふと立ち止まり、その体がゆらりと揺れたかと思うと、ふっと紫の光に包まれ、吸い込まれるように消えた。

毒虫は床に倒れ伏し、すでに息絶えている。

雨はいつまでも降り続く。

のろいがみ

ほとほとと屋根に雨粒の落ちる音がする。

雨だ。止みかけの雨はまばらに音を響かせる。

雨音に誘われて静が目を覚ますと、見慣れぬ場所に寝ていた。

どこかの旅籠だろうか。傍らに座ったセンが、呆然とした顔でただ壁を見ていた。

「セン……？」

身を半ば起こして呼びかけても、反応がない。

どう見ても尋常でない様子に、静はにわかに焦った。

「おい……、おい、セン、どうした」

「ん？　ああ……。静、目が覚めたか」

我に返ったようだが、どうもぼんやりとしている。光を映さぬ夜の目が、どこかチカチカと星が瞬くような輝きを帯びていた。

(何かあったな)

静は直感でそう思った。しかし、何が起きていたのかわからない。

あの加賀の侍たちを追って入った店で乱波に襲われ、気を失ってからの記憶がないのだ。

「具合はどうじゃ」

「私はもう平気だ。すっかりよくなった。心配をかけてすまなかった。私より、お前こそどうした。少しおかしいぞ」

「そうか？　何でも、ない」

「気分が悪いのか」

「いや、いや……。それどころか、ひどくよい気分じゃ。これまでにないほど、得も言われぬ素晴らしい気分じゃ」

「そう……なのか？　それならばよいが……」

明らかに様子がおかしいのだが、気分がよいと言われてしまってはどうともできない。

まさかあの乱波に与えられた毒を吸い取ったせいではないか。自分は毒の専門などと言っていたが、あのような行為をして、やはり無事でいられるはずがないのではないか。

「お前も横になった方がよい。少し休め」

「いや、大事ない。それよりも、のう、静。京の町を見て回ろうぞ。もう依頼ものうなったのじゃし、我は花見がしとうてたまらぬのじゃ」

「花見か？　いや、しかしあの乱波は……」

「ん？　おお、あれか。恐らく死んだわ」

「死んだ……？　恐らく……？」

自分が寝ている間に、センは一体何をしたのか。まさか、一人であの乱波を追いかけ、始末したとでもいうのだろうか。

ろくに刀も使えぬであろうセンが一人であの手練れの者に立ち向かったのかと想像すると、静はゾッとした。

「おい、セン……お前、一人で動いたのか」

「うん？　ああ、動いた。しかし、我が勝手にうろつくのはいつものことではないか」

「いつもと同じではない。相手は手練れの毒使いだぞ。一人で動いてはあまりにも危ないではないか」

ぽかんとした顔をしたセンは、思い出したようにうんうんと頷いた。

「ああ、そうじゃったなあ。あの忍びの者は毒を使っておったな。大事ない、大事ない。我を案じてくれるのじゃな。優しいのう、静は。我は嬉しいぞ」

「何を呑気な……」

あまりにも状況を理解していないセンに、静は脱力した。静がなぜ怒っているのかもわかっていないだろう。

「まったく、無事だったからよかったものの……頼むからこういうときには一人で動いてくれるな。取り返しのつかないことになるぞ。お前に何かあったら、私は……」

「我がいのうなったら、泣いてくれるか？」

思わず口走った言葉に反応するセン。

黒々とした目でじっと静を見つめ、返事を乞う。

その真剣な眼差しに、どきりと胸が大きく鳴る。センの目の奥に、これまでなかった紫の焔《ほのお》のようなものが揺らめいている。

「のう、静。我を恋しいと思うてくれるか？」

「馬鹿者……嫌なことを考えさせるな。お前はずっと私の側にいる……そうだろう？」

「ああ。無論じゃ。離れよと言うても離れぬぞ」

満面の笑みを浮かべたセンは、「さあ、花見じゃ、花見」と浮かれて静の手を引っ張った。

いつものセンに戻って、静は内心ホッとする。あんな顔つきは、いつもとぼけているセンらしくなかった。

立ち上がってはたと気づけば、まだあの店の女に扮した姿のままである。

「おい、出かける前に着替えなければ」

「よいではないか、その華やかな姿もまた美しいぞ。せっかくなのじゃ、そのままゆこう」

しかし、夜の薄暗い店ならばまだしも、まだ日が高い内にこんな派手な格好をしていては目立ってしまう。これまで目立つことを避けてきた静は躊躇したが、センがあまりに上機嫌なので、何を言っても聞くまいと苦笑して諦めた。

静は宿の主人に頼んで二人分の握り飯と漬物などを漆の器に詰めてもらい、センは酒を貰って子どものように浮かれている。

偽の依頼で潜入するはずだった醍醐寺では、予定通り太閤の花見が行われている。

二人は嵐山まで足を伸ばし、繚乱と咲き誇る桜を楽しんだ。渡月橋は先の乱で燃え落ち、渡ることができない。京ではどこを歩いても戦の無惨な痕跡を目にするが、その惨状といつまでも変わらぬ桜の優雅さが対照的である。

人々で賑わう山裾を抜け、少し奥に登ると、ふしぎと静かな場所があった。見事な枝振りの桜を見つけ、センは自らの羽織を脱いでその根本へ敷き、恭しく静の手を取る。

「こちらへどうぞ、静姫」

「何だ、その呼び方は」

「静は我のお姫さまじゃからな」

「また、わけのわからぬことを……。羽織が汚れてしまうぞ。よいのか」

「よい、よい。昨夜は雨が降ったからのう、まだ土が水を含んでおる。そのまま座っては着物が汚れるじゃろ。羽織くらいなくとも平気じゃ。今日は暖かいからの、花見にはいかにも相応しい日和じゃな」

促され、センの羽織の上へ二人で腰を下ろす。下から見上げる桜は抜けるように青い空から降ってくるようで、夢の如き美しさだった。

「おお、おお……、綺麗じゃの。風雅じゃの。ようやくじゃ。ようやく花見が叶ったぞ」

「大げさな……。そんなに嬉しいか」

「無論じゃ！　どれだけ我がこのときを待ち侘びておったことか……。京に来て以来ずっとこうしてゆるりと花見をしたかったのじゃ！」

そういえば到着した日からずっと花見花見と騒いでいた気もする。京まで来たのは結局罠で無駄足の最たるものだったが、こんなにもセンが喜んでくれるのならば悪くはない。

「セン。お前、花見をしたことがないのだな」

「ないのう。むかーし、大陸にいた頃にはあったかもしれんが……忘れてしもうたのう。

あっても、花を見て楽しむだけのものじゃろうて。こうして座って飲み食いして、という習慣は、我がいた頃にはなかったと思う」

「ここでも花見の風習はそう古いものではない。それに、花といえばかつては梅花だっただろう。お前の国ならば、牡丹といったところか……」

ふと、センの生まれた国に思いを馳せる。大陸と一口に言っても、一体どの辺りなのか。それこそ、風習はその土地によって大きく違うことだろう。

「そういえばセン、お前、大陸のどこの生まれなのだ。西の国は随分と広いだろう」

「ふむ。もう記憶もかなり曖昧じゃがな。閩《ビン》という名であったと思う。海が近い場所であったな」

「そこでお前の一族は、あの壺の神を造ったのか」

「ああ、そうじゃ。じゃがな……あれは禁じられた手法であった。蠱毒《こどく》というものを知っておるか」

「聞いたことはある。かつてこの国でもその呪法が使われた。後に禁じられ、廃れたと思ったが」

「忌まわしい呪術じゃからの。器の中に毒蟲らを閉じ込め、共食いさせる。生き残ったものが神霊となり、呪い殺す術を得る。しかしのう、我が祖先はそれを、蛇神信仰の篤い土地でやってしまった。そこでは蛇はまさしく神の如く崇《あが》め奉られ、女は蛇の形に髪を結い、男は蛇の鱗を肌に彫った。あらゆる器や楽器には蛇が描かれ装飾され、蛇の祭りが盛大に行われたものじゃ。大切にされているのがわかるのか、蛇も人を襲わなんだ。家に入って来ても人々は蛇を追い払わず、共に寝た。民の生活には常に蛇が寄り添うておったのじゃ」

ほう、と静は興味深く相槌を打つ。この国でも蛇神を信仰する地域はある。

（それこそ、私の母がやって来たらしい中国筋では、蛇、または龍を祀る神社が多かったはず）

センのいた土地ほど蛇が生活のすべてにあるわけではないが、蛇を神聖なものとして崇め、また恐れていただろう。

「そういった土地で崇められた蛇は神性を得ておる。真の神である蛇もおったであろう。その強力な蛇をな、我が一族は蠱毒に使ってしまったらしい。それでかつてない呪いの壺が出来上がったわけじゃな」

「それで、一族にはお前のように呪われた者が出るのか。神を蠱毒にしたために」

「うむ……。古い古い昔話じゃからの。どこまで本当かわからんが、まあ、我のこの呪われし体が何よりの証拠じゃろう。それより、静よ、そなたの生まれ故郷はどこなのじゃ」

水を向けられて、はたと思い至る。うっすらとした映像は夢に見るが、そこがどこなのか、静はまるで知らないのである。

「あまり記憶がない。私を買ったはずの誰もが土地の名を明かしてはくれぬ。里心をつかせぬためだろう。だが、時折夢を見る」

「ほう。どのような夢じゃ」

それは静が『死ぬ』前の記憶なので、ひどくぼやけて曖昧だ。静は心をなくして以来、ほとんど昔を懐かしむということがなくなった。ゆえに、考えない。

だが、夢は見るのである。音は夢の中でも明確に聞こえてくる。優しい、包み込むような音だ。

「水の声を聞く夢だ。まるで波の音のようで……。だが、私は風渡の里からさほど離れていない村で買われたはず。海は近くにないと思ったが」

「ほう、ほう。ふしぎよのう。しかし、水とくれば、我と同じではないか。我も海近くの場所で生まれたはずよ。蛇を崇拝するのは水の民じゃからな」

夢の中の、おぼろげな思い出の祖父を思い出す。あの話は、果たして本当のことだったのだろうか。

（私の母が歩き巫女で、中国筋から来た者だとすれば、やはり海に近いところにいたのだろう。もしかすると、蛇神を信奉していたやもしれぬ）

歩き巫女とは全国に存在するが、遊女と同義の場合もある。静の母はどこの誰とも知らぬ者の種を孕み、静を故郷から遠く離れた寒村で産み落とし、そして死んだのか。

「静の生まれ故郷にも行ってみたいのう」

「それがどこかわかったとして、何もないぞ。子どもを売り飛ばさねば立ち行かぬ寒村だ」

「それでもじゃ。静の幼き頃見ていた景色を見たいのよ。きっと美しかろうのう。そこには桜は咲いておるのかのう」

「また、お前は呑気なことを……」

センは桜と酒にすっかり酔わされ、上機嫌だ。こちらまで、まるで花見のために京まで上ったような心地になってくる。

（しかし……本当に、このセンがあの乱波を仕留めたのか……？）

恐らく死んだ、などと、何やら曖昧な物言いだった。一体どのようにして戦う訓練を受けたこともないような者が、忍びを倒したというのか。

蛇神を蠱毒とした祖先の呪いであるならば、センは神に呪われているようなもの。呪神を造るための素材に、神を使ったのである。それは祟られよう。

まだ静の目にしていない能力があるに違いないが、それでも、このとぼけた男が手練れの忍びと相対している場面が想像できない。

すべては静が不覚を取ったせいだが、眠っていて何も把握できていないことが口惜しかった。寝ている間に何もかもが終わっていたなど、どう気持ちの整理をつけたらよいのかわからない。

縫姫の策略ではあったが、静とてこれが最後の忍び仕事という決意で村を出たのだ。それがこの情けない体たらくでは、音に聞こえた風渡ノ変化の名が泣こうというもの。

「これこれ。まだ難しい顔をしておるぞ、静」

「誰のせいだと思っている」

「ん？　我が何かしたかの？」

センは平和な顔で握り飯を貪り、酒を美味そうに飲んでいる。

「ほれ、静も食え、飲め」

「おい、お前、どのようにしてあの乱波を仕留めた」

「うーん、そんなもの、忘れてしもうたわ」

「昨夜のことなのだろう？　忘れるわけはないだろうが。昔生まれた場所は覚えているくせに」

「夢中じゃったからのう。我は解放されて、あまりの心地よさに打ち震えておったのよ。

そうしたらの、動かなくなっておるのがちらと見えた。それだけじゃ」

「……まったくわからん。意味不明だ」

ふざけているのだろうか。今のが戦いの話だとは到底思えない。

いかにも不可解な顔をしていると、センは高々と笑った。

「あっはっは。ほれ、また難しい顔じゃ。どう思われてものう、我の記憶はこれだけよ」

「お前、本当にあやつを倒したのか。もしもまだ生きているのなら、京での危機は去っておらんぞ」

「去った、去った。あの男が死んだのは真じゃ。さ、もう無粋なことは考えるな。この美しい桜に失礼じゃ」

センは盃から酒を口に含み、静の肩をぐいと抱いて、顎を持ち上げ、そのまま口に流し込んだ。

「んぅ、こ、こら……私は、酒は」

「よいではないか。この桃源郷にて素面でおってはもったいない。飲み、食い、戯れながら、春の京を存分に楽しもうぞ」

センは次々に酒を口移しで静に飲ませながら、静の肩を優しく撫でる。その手はおもむろに胸の膨らみへと移り、着物の上からやんわりと揉みながら、静の口を甘く吸った。ぞくぞくと腰の奥から甘い疼きが込み上げる。

「ふ……ん、ん……、セン……」

「美味いのう……静の味と酒が混じり合って、極上の美味じゃ」

センの二又の舌が口内を這い回る。舌を絡め取られて擦られ吸われ、酒の酔いがすぐに回る。

乳房を揉んでいた手は着物の上からもわかるほどに膨らんだ乳頭をゆるゆると撫で擦る。もどかしい快感に思わず腰が揺れてしまう。それに気づいたセンは嬉しげに微笑む。

「ふふ、温まってきたかの……よい匂いが上ってきたぞ」

「あ……、せ、セン、ここでする気か」

裾を割り、腰布の下へ伸ばされた手を思わず摑む。

「下には、大勢人が……」

「皆騒いでおる。聞こえぬよ」

「そんなことは、ないだろう……抑えきれなくなったら、私は」

「心配するでない。ではな、我らの声や姿に気づかれぬようにしてやろう」

ぬるぬる、と割れ目を擦った指が蜜を絡めて珊瑚玉を転がす。甘い甘い快感に腰が震え、みだらに吐息が乱れる。

「あ、で、でも、は、う、ど、どうやって……」

「魔術じゃ。我ごときでもな、それくらいの術なら使えるぞ。我が静の村におったとき、誰も我に気づかなんだ。あれはの、我が姿を消す術を使っておったからよ」

「な、なに……そうだった、のか」

　初めて知る事実に、静は目を見開いた。

　確かに、おかしいとは思っていた。人の気配に常人よりもずっと敏い乱波たちが誰もセンに気づかなかった。しかも、センは人気のない時刻とはいえ、しょっちゅう家から出て村の周囲を出歩いていたのである。それなのに、誰もセンの存在を訝る者がなかったのだ。

「ただの、偶然とばかり思っていたが……、は、あっ、あぁ……」

　にゅるにゅると濡れそぼつ花びらのあわいに指を這わされながら、着物を割って乳房をあらわにされる。荒々しく揉みしだかれ、蛇のように長い舌で勃起した乳頭を扱かれる。

「くぅ、あぁ、あ……、こ、こら……そういう、人間離れしたことを、するな……」

「おや……静は我が人間らしくないと嫌かのう」

「そ、そうではない、が……、あ、ふぁ」

　蜜口をちゅぷちゅぷと浅く指で出し入れされながら、花芯を巧みに擦られる。とろとろと愛液が漏れるのがわかって恥ずかしい。けれど、止められない。

（恥ずかしい？　何だ、それは。心地よければ体が反応するのは自然なこと……なのに、なぜ私は恥ずかしいなどと思うのだ）

　本当に調子がくるう。センと過ごし始めてから、わけのわからぬ情を覚えてばかりだ。以前は快楽を覚えれば気が済むまでそれに耽った。ほとんど人目など気にせず、自由に振る舞っていた。それこそ、獣のように、恥という概念など静にはなかったはずなのだ。

「ほれ、もうずぶ濡れじゃ。蛇のような我に愛撫されて、こんなになってしまったのう、静や」

「ば、馬鹿者……いちいち口にするな……、あぅ、あぁ、あぁぁ……」

　盛んに花芯を転がされ、乳首を蛇の舌にいじめられて、静は四肢を固く緊張させ、達した。濃厚な蜜がとろりとあふれる。センはそれにまみれた自らの指を美味そうにしゃぶった。その仕草がいかにもみだらで、静は己の頬が燃えるように熱くなるのを覚えた。

「ほお、美味い、美味い……桜を見ながらの静は極上の甘露じゃ」

「お、お前……桜など、見ていないだろう……」

「見ておるぞ。おお、そうじゃ、こうすればもっとよう見えるのう」

　センは静を抱きかかえたまま、仰向けに寝転んだ。口を吸いながら、センは下肢の衣をくつろげる。

「ほれ……静、静と桜を同時に見たいのじゃ。上に乗ってたもれ」

「もう、乗っているだろうが」

「そうではない、こっちじゃ、こっち」

まるで蛇の頭のように、センの屹立したものが静の尻をつんつんと後ろからつつく。静は唾を飲み、息を荒らげる。

「こ……これに、自分で、乗れと……」

「そうじゃ。できるじゃろ？　静はよい子じゃ」

「妙な言い方を、するな……」

センのふざけた物言いに反発するが、もう欲しくて欲しくて下腹部が熱く疼いている。静は目を閉じ、センのものに手を添えて、その先端に花びらのあわいを押しつけた。

「う……ふぅ……」

太い亀頭がぐぽり、と埋まる。それだけで痺れるような快感が脳天まで突き抜け、静はぶるぶると震え、ぽっかりと口を開けて達する。

「ふあぁ……、あぁ、あ……」

「うぐ、し、締まるのう……」

「ふう……はぁ、はぁ……」

「頑張れ、静。静は頑張れる女子じゃ。ほれ、もそっと……」

待ちきれなくなったのか、センが静の細い腰を摑む。そのまま力を加えられ、ずぶ濡れの隘路は容易く極太の幹を呑み込み、じゅぶじゅぶと奥まで埋没する。

ずちゅん、と子壺の入り口を押し上げられ、静の目に火花が散った。

「あぅっ……、あ……、は……はあぁ………」

法悦の極みに飛ばされる。チカチカと光る星を見ながら、静はセンの腹に手をつき、長々と続く快感に痙攣している。

「うぁ……はあ………ああぁ……」

「お、おぉ……搾られる……あぁ、すごいのう……最高じゃのう……」

中の膣肉が勝手にぐにぐにと動いてセンの巨根を食い締める。突起が生え、センが動かずとも触手のように静の中をぞろぞろぬるぬると撫で回す。

「はあぁっ……！　あ、はうぅ……、これ……い、いぃ、ああぁぁ………」

静は背をしならせ、動いていないのに終わらぬ絶頂にセンの上でひたすらにぶるぶると震えている。子壺の口をそろそろと撫でられれば体が快楽のために総毛立ち、大きく胴震いして、また達してしまう。

「あ、はうぅぅ……は、あ……ああぁ……」

「おお、絶景、絶景……青空に静の乳首の桃色と桜の色がよう映えるのう……」

つんと勃ち上がった乳頭の先をセンが指の腹で優しく転がす。かと思えば乳房を鷲摑みにして揉みしだき、乳首を押し潰す。

「あ、は、あうぅ……」

少しも動いていないのに、乳をいじめられ、中から陰茎の突起に愛撫されて、静はビクビクと震えながら達し続けている。

（あ、ああ……極楽だ……こんな快さが、この世にあろうとは……）

目を見開けば、青い空と白い桜。世にも美しい景色を見ながら、世にも甘美な桃源郷に遊んでいる。

気づけば勝手にゆるゆると腰が揺れ、最奥をぐりゅぐりゅと太い亀頭で抉られながら、得も言われぬ法悦を味わっている。

「あ、ぁ……はあぁ……いい……」

「ふう……はぁ……あぁ、静、そんなに、締めては……」

「すま、ない……知らぬ間に、動いて、しまう……」

静は恍惚としながらセンを貪る。センは自分の上で踊る静を目を細めて愛おしげに凝視している。

「ほぉ……はぁ……よい心地じゃ……そんな静を見ておると、ああ、たまらぬ……あぁ、あふれ出てしまう……」

「え……、もう……」

まさか、もう達してしまうというのか。思わず失望の声が漏れてしまうと同時に、静の中でセンの男根が何かを大量にどっぷりと噴き出した。

その瞬間、本能的に静の体が何かの危機を訴えてざわめいた。

「うっ……、な、何……」

「ふぅ……出てしもうた……ふふ、恥ずかしいのう」

静の子壺をいっぱいに満たしたものは、妙に熱く、センが最後にこぼす精とは違っている。もっとねっとりとしていて、まるで意識を持っているかのように静の腹の中を這い回る。

(な、何だ、これは……、あ……、体が、熱い……目が、回る……)

くらりとした静の腕をセンが捕まえる。

「大丈夫かの?」

「あ、ああ……今のは、一体……」

「何じゃろうのう……強いて言えば媚薬かのう」

「なに……」

「我の体が勝手に相手を貪ろうとして出してしまうのじゃ。ずぶずぶに蕩かして……確実に孕ませる」

センが腰を動かし始める。静はセンの腰の上で串刺しにされながら跳ね上げられ、ずっぷりと根本まで呑み込み、また突き上げられて、またぐじゅりと最奥まで抉られる。

「んぐぅっ！　うっ、は、ふえ、はっ、あ、あぁあ」

頭が真っ白になるほどの絶頂に、体中の毛穴からどっと汗が噴き出し、静はだらしなく舌を垂れて法悦の渦に呑まれもみくちゃにされる。

「はへぇ、は、あ、う、あぁ、んあ、あうぅ……っ」

（いい、気持ちいい、気持ちいい、気持ちいい……いく、いく、ああ、いく……）

それしか考えられなくなる。いつも以上に快楽で頭が埋め尽くされ、理性が消失する。

「あぁ、よい眺めじゃ……桜を背に、いきくるう静……、はは、かわゆいのう、かわゆいのう……ああ、たまらん……」

静をめちゃくちゃに腰の上で跳ね上げながら、ぶるんぶるんと揺れる丸い乳房を両手で鷲摑みにする。豊かな二つの果実を揉み合わせ、乳頭を指先でもてあそぶと、ぐりぐりと乳肉に埋めて思う様なぶる。静は涎を垂らしてよがった。

「はぁ、ふぅ、ふぅ。それぇ」

「よいか、ふふ、静は我を呑み込みながら、乳をいじめられるのが好きじゃのう」

「うんぅ、好き、好きぃ、はぁ、はひ、ひぃあ、あ、あんあぁあ」

こりゅこりゅと乳首をほじられながら、センの極太のものをじゅぼじゅぼと音を立てて出し入れされ、静は白目を剝いて深い深い絶頂を味わい、四肢を強張らせた。

ずぶずぶに蕩けきった膣に、二本目がぐじゅりと入る。

「ああ、う、あはぁ」

静の目に火花の万華鏡が映る。極楽浄土の法悦を地獄のように浴びせかけられながら、過度の圧迫にじょろっと潮を噴く。

じゅっぽじゅっぽぐっちゃぐっちゃと中で掻き回される粘液の音が一層激しくなる。二匹の蛇が無数の突起をざわめかせ熟れた膣肉を掻き回しながら激しく出入りする。

「おぉ、あっ、は、はぁ、ひぃ、ひぃぃ、はぁ、アッ、あ、うぐ、ふ、あああ」

「おお、すごい、すごい……静や、もう浄土へ行ったまま帰って来ておらぬなぁ……感じるぞ、そなたの歓びを……我のものをよがりくるって食い締めて……はぁ、ああ、美しい、美しいのう、静……我の静や……」

センは静を引き寄せ、愛おしげにうっとりと口を舐める。舌を吸う。

そうする内に、何匹もの蛇のようなものがセンから伸び、どれも静を欲しがってあちこちに吸いつき、長い舌で愛撫し、柔らかな口で吸い始める。

（これは、幻覚、か……無数の、蛇が……あ、あぁ）

乳房に、乳首に吸いついた蛇が緩急をつけて乳頭を吸う。勃起した珊瑚玉にかぶりついた蛇はそこを強く吸い、皮をめくって完全に花芯を露出させて舐め回し吸い尽くす。

「はひぃ、しょこ、らめぇ、は、はひ、あ、あぁあ、はあぁあ……っ」

そこにそんな愛撫を加えられたのは初めてで、静は強過ぎる快感に涙をこぼしてよがり抜く。繊細な快楽の神経が詰まった宝珠を、蛇は思う様なぶり、吸い、こね回す。

「ひぃ、ひいいぃ、あひあぁああ」

ぶぷっと飛沫を立てて愛液が噴きこぼれる。しとどに濡れた陰部からあふれるものを飲み込もうと、何匹もの蛇がセンの男根を咥えこんだ周辺に舌を這わせる。ずちゅんずちゅんと子壷を抉る二匹の蛇に加え、無数の蛇が絶頂に痙攣する静の体を愛撫する。

「ああぁ……ああああああぁぁぁ…………」

桃源郷か。悪夢か。極楽か。地獄か。

「すまんのう、静……静が愛おし過ぎてのう、人間らしゅういられなんだ……はぁ、ああ、かわゆいのう、静、静……」

センは静を抱き締め、陶然として口を吸いながら、絶えず静に絡みつき、ずっぷりと静の中を満たした。

乳頭を、珊瑚玉を吸われながら奥まで穿たれ、蛇の媚薬を注ぎ込まれた静は獣のように吠え、全身を震わせてよがり抜く。

「はぁ、あぁぁ、いい、いいぃ、また、くる、くるぅぅ」

「よいぞ、よいぞ、何度でも飛べ、幾度もいってしまえ、はは、中が降りてきたぞ、そんなに我の精が欲しぃか、我が種を孕みたいか」

「欲しい、欲しい、ひぁ、あはぁ、全部、欲しい、いぃ、い、あああぁぁあぁ」

ひときわ激しく、奥を盛んにずちゅずちゅと突かれ、静は目を裏返して忘我の淵に落ちた。どぷどぷと何かが子壺にたっぷりと注ぎ込まれているのがわかる。それがまたあの媚薬なのか精なのか、もう静にはわからない。

センが端正な顔を快楽に歪め、興奮に頬を紅潮させながら、穴が空くほどによがる恋人を見つめている。

「ふぅ、ふぅ、たまらんのう、静……もっともっと味わいたいのう……かわゆい静や、我の静や……」

いつの間にか、くるりと体勢を変えられて、静はセンの下にいる。思い切り脚を大きく開かれて、一層深々と男根を呑み込んでしまう。

「あぉ、お、んはあぁぁぁ……」

ぐりゅ、ぐりゅ、と腰を回され奥をいじめられれば、快感のあまり静は失禁する。それをも静の体を愛撫する蛇らは逃さず、汗も蜜も何もかもをねろねろと長い舌で舐り尽くす。

センの逞しい肩越しに白い桜が揺れている。これほど美しい、物怪じみた妖艶な桜を、今まで見たことがあっただろうか。

気づけば、桜の背後にあるのは煌々と光る月である。静はセンに抱かれ無限の法悦を味わいながら、夜桜に見下ろされていた。

（桜……ああ、桜……綺麗だ……）

肉体の無限の快楽に絶頂する静と、桜を眺めている静はまるで別人のようであった。まるで魂が犯され抜いている体を離れ、静かな心で桜を愛でているようである。

「あ、んぁ、は、はあぁぁ……っ」

「ん、ぐぅ、う、締まるぅ……大きゅう、いっておるのう、静……おお……」

暴れる二匹の太蛇《ふとへび》に犯され、無数の蛇らに愛撫されて、静はけぶるような夜桜に見守られ絶頂した。

センの分厚い胸板に丸い乳房を押し潰されながら、口を吸われ、腰を間断なく打ちつけられ、何度も意識を飛ばし、静は喘ぎ続けている。

昼間に微かに聞こえていた山裾の人々の声も、もうしない。その代わりに、桜のざわめきを聞いている。

「ふふ、聞こえるか、静よ……」

「ん、ふぅ？　ん、は、ふあぁ」

「はは、もうわからぬか。桜がな、そなたを欲しいと言うておる。よがるそなたがあまりに美しいので、我がものにしたいとな。じゃが、静はすべてこの我のものじゃからのう……聞けぬ頼みじゃ。静をこうして抱き、孕ませるは我のみじゃ。はは、ははは……」

センは笑いながら静をくるりとひっくり返し、後ろからずちゅんと蜜を飛び散らせて深々と突く。しとどに汗に濡れた静の肌が、月光を浴びてきらきらと輝く。

「ああ――っ……、あひぁ、あ、んはあぁぁ……」

「ああ、よい声じゃ。世にも妙なる音曲じゃ……我の手慰みの歌よりもよほど上手いではないか……せめて桜に聞かせてやらねばな……静の美しい喉をなぁ……」

後ろからどちゅどちゅと突かれ、静は地面に敷かれたセンの羽織を掻き毟りながら絶頂の痙攣に絶えず汗を噴く。子壺を攻撃され続け、珊瑚玉を蛇にしゃぶられ、乳房を荒々しく揉まれて、めくるめく快楽の色曼荼羅に呑まれ、溺れ切っていた。

「はぁ、お、はあぁ、あんあ、はあぁあ」

こんなに長い間極太のものを二本も、一度も抜かれず出し入れされ、傷ついてしまうはずの膣は変わらずたっぷりと潤い、弾力に富んで蛇の攻撃を嬉しげに呑み込んでいる。

センとの交合は初めから人間のものではなかった。立て続けの絶頂地獄に我を忘れ、半死半生で交わっているので普通の交合とは何かなどと考えていられない。

センが二本の陰茎を持とうとも、その陰茎が無数の突起を生やそうとも、センが数多の蛇を現そうとも、これがセンである、としか思わなかった。

何しろ、それらが例えようもなく極上の、得も言われぬ快楽を与えてくれるのだから。

「んあぁぁ、は、はぁあ、あ、ひぁ、はひあぁあぁ」

すでに唐輪髷は崩れ、化粧も流れ落ちている。肩から落ちて辛うじて引っかかっている派手な赤い小袖は、静の痴態を演出する小道具でしかない。

快楽の汗を流し、涙をこぼし、涎を垂らして、センの剛直にいじめ抜かれ、無限の法悦を浴びてよがり続ける。

ふいに、誰もいないはずなのに、数多の視線を感じた。それも、生きた人の視線ではないようだ。

京に巣食う幾千の魑魅魍魎らが、センと静の交合を凝視しているようであった。その禍々しい気配に肌が総毛立ち、たまらぬ悦楽に嗄れた喉が震えた。

「あぁ、あ、ふぁあ………」

「感じるか、静。見られて感じておるのか。はは、みだらじゃのう、貪欲じゃのう、静は……そなたはすべての物怪まで魅了してしまう……罪深き女子じゃのう……」

おぞましい気配が静に吸い寄せられるように近づけば、センの発する何かの力に弾かれ、静の濡れた肌に触れることは叶わない。不満と嫉妬と羨望に咆哮する物怪どもの哀哭を聞きながら、妖しくも美しい、けぶるような桜の下、二人は交わり続けた。

「これは我が妻のお披露目じゃ。花嫁の公開じゃ。京の物怪ども見よ、我の美しい伴侶をのう」

あまりに賑やかな場に寂しい魂も惹かれたのだろうか。

その夜、多くの人々が、嵐山に無数の人魂が集まるのを見たという。それはまさしく、真夜中に祝宴でも開かれているようであったとのこと。

京の淫靡な春の一夜であった。

＊＊＊

翌日、ひとまず風渡の里に戻ろうと京を出た。

その道中、センは行きたいところがあるという。

「のう、依頼は偽物だったのじゃし、そう急いで里に帰らずともよいであろ」

「だからこそ急いだ方がよい。何やら嫌な予感がするのだ」

「いやいや、静よ、そう急くな。我はの、京の都で遊んでおる内に、興味深い話を聞いたのよ。それがの、丁度風渡へ帰る道の途中にあると聞いてな、ぜひとも立ち寄ってみたいのじゃ」

こうなるとセンはしつこい。自分の願いが叶えられるまでずっとねだってくるだろう。

静はため息をつき、仕方ない、と話を聞くことにする。

「何だ、その、立ち寄りたい場所というのは」

「温泉じゃ！　ナンタラとかいう武将の隠し湯があるらしいのじゃ」

「……温泉か。また、お前は……」

花見に引き続き、何とも太平楽である。

しかし、京にいてほとんど心身の休まる暇はなかった。怪しい依頼に神経を削られ、そんな中でもセンに責め抜かれ、疲弊していることは事実だ。風渡に戻る途中、少しばかり湯治をするのも悪くはない。

わかった、と静が了承すると、センは文字通り小躍りして喜んだ。

湯治場というものは各地にある。蒸し風呂が主だが、センが聞いたものは湯に直接浸かるもので、様々な傷病に効能があるという。

「隠し湯というてもな、そのナンタラはもう死んだらしいのじゃ。民草も時折は使っておるという話じゃが、何分山深いところにあるようでな。武将が隠さずとも訪れる者は多くないらしい」

「死んだのか。病が原因ならその湯は効果がなかったのではないか」

「まあまあ、まずは行ってみようではないか。我は温泉に浸かってみたいのじゃ。どんな具合か試してみたいのじゃ！」

祭りに向かう子どものようにはしゃぎながら、センは足取りも軽く獣道を歩く。

まさしく人通りはほとんどないようで、踏み均《なら》されていない道は草が生い茂り歩きにくいことこの上ない。無論、静は忍びでどのような悪路も平気だが、センもむしろ叢を掻き分けてゆくのが楽しいといった様子で鼻歌すら歌っている。

唐突に、開けた場所に出た。小さな集落だ。

「おや。湯治場に着くには少々早いな。どうやら違う場所のようじゃが」

「こんなところに村があるのか。人の往来はほとんどなさそうな道だったが、別の入り口はあるものか……」

人は住んでいる。丁度昼時で、昼餉の準備をする家々から煮炊きしている湯気がのぼり、子らは腹が減ったと喚きながらそこらじゅうを駆け回っている。

ふと、気にかかる光景があった。集落の中央に立つ一本の樫の木の、やや右に曲がった幹。その傍らの顔の一部が欠けた地蔵。

村の東部を流れる小川と、そこにかかった木製の橋。

「……ここは」

静は気づけば村の中へ入って行っている。田を耕している者らが気づき、不審な目で静を見ている。センが慌てて後をついて来る。

「これ、これ、どうした、静。ここに温泉はないぞ」

「知っている。気にかかることがあってな」

「何じゃ、この村を知っておるのか」

そう、自分はこの場所を知っている。なんということだろう、としばし呆然とした。

偶然にも、静は生まれ故郷の村を見つけたのだ。

(夢には見てきた。けれど、もうほとんど記憶は朧げで、背景もはっきりとは見えない。けれど、こうして歩いていると、どんどん思い出してくる)

祖父の背におぶわれて歩いた田の畦道。他の子らと駆け回った池の周り。静は誰より足が速く、木登りも得意で、悔しがった他の子どもに木を揺すぶられ落ちたこともあったが、そのときも軽々と着地して皆を驚かせたりした。そんな風に猿のように軽業めいた遊びばかりしていたから、風渡の子買いに目をつけられてしまったのだろうが。

「お前……もしかして、静か」

おずおずと、声をかけてきた老婆がいる。

覚えていない。だが、微かな記憶の底に近隣の住民の顔がある。

「そうだ」

「やっぱりそうか。いや、たまげた。こんな美人になってしもうて」

よそ者を見る警戒した空気が、どうやら村の者だったらしいと広まり、緩んでゆく。

「出て行ったのは十年以上前かね。いや、懐かしい。今までどうしとったんじゃ」

「売られた先で、働いている。母や祖父はどうしているんだ」

「ああ、お前のおっ母と爺さまか……」

放っておけばいつまでも喋り続けそうだった老婆の口が閉じる。

母は十年ぶりに会っても嬉しさの欠片も見せないだろうが、祖父は生きていたのか、と喜んでくれるだろう。

歳の離れたいちばん上の兄はまったく静と遊んでくれなかったので、顔も覚えていない。方々へ奉公に行ってしまった他の兄弟たちも同様だ。今どうしているだろうかと考えたこともなかった。

（そうだ、センのことは何と説明すればよいのか。一緒に住んでいる、などと言えば夫かと言われそうだ。しかし、違うと言えば混乱させてしまいそうだし……）

今センは姿を消す術を使っていない。村人たちはやはり旅の放下師とでも思っているのか、好奇心に満ちた目で見つめている。一応年頃の女が夫でもない男と旅をしているのはやはりおかしいだろうか。嘘でも伴侶と紹介すべきなのか。

久しぶりに家族に会うのかと思うと、静はらしくもなく、いらぬことまで考えてしまう。

老婆は静の機嫌を窺うように上目遣いで見た。

「言いにくいけどなあ、お前のおっ母は、死んだよ」

「死んだ……？　なぜ」

「これも言いにくいんじゃが……殺されたんじゃ。一緒に暮らしとった爺さんにな」

静は言葉を失った。記憶の中では優しかった祖父が、母を殺した。

祖父は母の亡くなった夫の父親だった。母にとっての義理の父だ。母は静にはそっけなかったが、祖父とは上手くやっていたはずだった。

こらえていたものを止められなくなったかのように、老婆が語り始める。

「あんなぁ、お前のおっ母はな、三年前、家に旅の坊さんを泊めたんよ。朝には坊さん、いのうなっとってな。早くに出て行ったっちゅうんじゃが、どうやら坊さんの銭目当てで、お前のおっ母、坊さん殺してしもたらしい。それをな、爺さんが知ってな……またやったか、あさまし、あさまし言うてな。おっ母を殺してしもて、自分も首吊って死んでしもうたんじゃ」

静はしばらく返事ができなかった。あまりにも衝撃的な話だ。本当のことか、と信じきれずにいると、他の村人らもやって来て話に加わる。

「あんときゃ、村中で騒ぎになったもんじゃよなあ」

「坊さん殺してしもたて、しかもまたっちゅう話じゃと、以前もやったことを爺さまは知っとったんじゃろ」

「そうよ。ほれ、静を産んだあの巫女さまな、あれの話じゃと皆でわかって、じゃあなんで静は生きとるかちゅう話になったら、爺さまが知っとるいうことは、爺さまがせめて赤子は生かせと止めたんじゃろと、こういう話になってな」

「あんまり恐ろしいんで、高名な坊さん呼んで、お祓いしてもらったんよ。そんなことが、この田舎の村で起きとったとはなあ」

当の静が目の前にいるというのに、当時の混乱を思い出したかのように興奮し、村人たちはお喋りをやめない。

(そうか。私を産んだ人は、おっ母に殺されていたのか)

驚きが去ると、さほどあり得ない話でもないような気がした。旅人が金品目当てに殺されてしまう話は珍しくない。年がら年中貧していた家だったので、そういった機会が転り込めば実行に移してしまうこともあっただろう。

母親は殺し、生かした子どももある程度育てた上で、いちばん高い値をつけてくれたところに売る。その先が風渡だったというだけの話だ。

(爺ちゃん。あんた、おっ母は鬼じゃないと言ったが、実際は鬼だったな)

もしかすると祖父は、鬼ではない、と自分に言い聞かせていたのかもしれない。孫たちの母親を人殺しとして衆目の前に突き出すこともできなかったのだろう。けれど、再び母が同じことをしでかしたので、自分を騙すこともできなくなったのか。

顔も覚えていない兄には興味もないので挨拶もせず、静は母と祖父、そして実の母の墓の場所を教えてもらい、そこに手を合わせた。実の母と祖父の声は聞こえなかった。とっくに成仏したのだろう。母の声はまだそこに留まっていた。なぜもっと上手くやれなかったのか、と悔やんでいた。

墓参りを終えると、すぐに村を後にした。他にこの村ですることがなかった。見つけようとして見つけたわけではない。偶然、辿り着いてしまっただけだ。そこで知った真実は残酷なものだったが、すべて過去の話だ。今更できることは何もない。

「静、大事ないか」

「ああ。驚いたが、それだけのことだ」

「あの村に他に家族はおらんのか」

「田を継いだ兄がいるはずだが、会ってもどうしようもない。顔も覚えていないし、何も思い出がない。血も繋がっていない、一時同じ家にいただけのただの他人だ」

「ふむ、そうか……。じゃが、生まれ故郷がわかってよかったのう。我もまさかそなたの村が、湯治場へゆく道中にあるとは思わなんだ」

随分と辺鄙な場所にある集落だったので、こうした偶然でもなければ見つけられなかっただろう。

自分という人間の生い立ちなどこれまで興味すらなかったが、やはりセンに出会ってから変わり始めていた静は、自身のことを知りたいと思うようになっていた。

だから村を発見できたのはよかったが、それ以上に思わぬ情報を得ることとなってしまった。世の中には、知らずにいた方が幸せでいられることもある。

(私は、自分の母を殺した女に育てられていたわけだな。何も知らずにおっ母と呼んで)

そう考えると、何とも名状しがたい心持ちになる。だが、今となってはあの村で過ごした記憶は遥か遠く、乱波として風渡で生きてきて、そして更にセンと出会ってからの濃密な日々からすれば、些細な事実のひとつに過ぎないのだ。

「セン。お前は……家族のことを覚えているか」

「我か？　うむ……全然、覚えとらん」

「清々しいほど忘れているな」

「物心ついてすぐに盗まれたからのう。そもそも記憶がないのよ」

「そうか……それは、却ってよかったかもしれんな」

家族との思い出があれば、引き離されたこと、もう会えないことをつらく思うばかりだろう。初めからなければ、悲しみも生まれない。

ふと、センがじっとこちらを見ているのに気がついた。

「何だ、セン」

「静、寂しいか」

母と祖父が亡くなっていたことを、気遣ってくれているのだろうか。静は思わず頬を緩ませた。

色々困ったところはあるが、センは優しい。静よりもよほど繊細だ。人の心の動きに敏いので、静が内心動揺していることを理解してしまうのだろう。

「寂しくなどない。過去のことを知って驚きはしたが、そもそもうずっと一緒に暮らしていないからな。実の母に至っては、お前と同様、何の記憶もないのだ。寂しくなりようがない」

「だが、少なくともそなたの祖父君には、村を見つけて、また会えると期待していたのではないか」

夢の中の優しい祖父の顔を思い出す。静を案じ、節くれだった乾いた手で優しく頭を撫でてくれた。

「まあな。だが、風渡の里に買われて以来、私はずっと一人で暮らしてきた。家族のことは思い出しもしなかった。夢には出てくるが、お前も知っての通り私の心は虚ろだ。恋しいとも思っていなかったのだ」

夜眠るのも常に一人だ。男と寝れば人の温もりは感じるが、欲を満たすための行為でしかない。一人で生きていることをつらく思ったことはない。

(だが、センがいなくなったら、どうだろうか。私は寂しいと思うんだろうか)

すでに答えは出ている。センを失うかもしれないと思ったとき、静は途方もない喪失感に駆られた。

「我はな……家族を知らなんだ。誰かと共に暮らしたこともない。じゃが、静と一緒の生活は楽しいぞ。静と毎日同じ飯を食って、毎日同じものを見て語らって、笑って、毎日一緒に寝て……そういう日々が、至上の幸せじゃ」

「そうか……。そんなによいものか」

「うん、うん。よいものぞ」

「ああ。私も、お前といると……面白い。お前が隣にいるのが当たり前で……そういう普通の日常が、きっと何より心地よいのだろうな」

二人は語らいながら険しい山道を登り続けた。

やがて山奥の湯治場に着く頃には、日も落ちかけていた。中を覗いてみると、宿にはまるで客がいない。

老婆が一人、宿の奥から対応に出て来て「若いご夫婦がようこんなつまらん山奥に来たね」と勘違いして珍しがられた。

確かに夫婦で旅先に選ぶには少々難儀な場所である。しかし、若くなければあの険しい山道はきつかろう。一方、やはり足腰や体の不調を抱えているのは年老いた人々の方が多い。そういう客はここを選ぶまい。となれば、戦場で傷を負う者が多い武将の隠し湯というのは、なるほど納得であった。

　温泉も湯船には二人きりだ。なんと贅沢な、とセンはひどく浮かれている。

「念願の温泉じゃ！　ナンタラ武将の隠し湯じゃ！」

「肝心なところを覚えていないとありがたみがないな」

　センは喜び勇んで素っ裸になり、岩に囲まれた湯の中へざぶざぶと入って行く。あまりの勢いのよさに面食らうが、他に誰も客はいないので、まあいいかと苦笑いする。

「静、温かい湯じゃ！　火で沸かしてもおらんのに！」

「温泉だからな」

「ここに入れば悪いところが治るんかのう？」

「そういうこともあるだろう。私も傷を治しに湯治場へ行ったことがある。少しは体が楽になったぞ」

「うむ、そうか。我は痛いところも苦しいところもないがの、こうやってぼーっとするのは何よりの幸福じゃの」

　また年寄くさいことを言う、と笑ったが、なるほどこの温泉は心地よい。

　静も緊張感から解放され、ゆっくりと湯に浸かり目を閉じる。少し生ぬるい温度だが、これくらいの方が長く入っていられるだろう。疲れた心身に温かい湯が染み入るようだ。

そのとき、センが唐突にわっと声を上げた。

「し、静！　見よ！　それを！」

「一体何だ。大声で騒ぐな」

「見よ、そなたの乳房を！　湯にぷかぷか浮いておるぞ！」

指差されて、胸を見下ろす。双つの丸い乳房が半分湯から顔を出し、確かにぷかぷかと浮いている。

「……だからどうした」

「いつもはゆさゆさ重そうであるのに、何故湯にはそのように浮いておるのじゃ」

「知らぬわ。乳房に聞け」

適当に返すと、センは真面目な顔で静の乳房を手に乗せ、持ち上げたりふるふると震わせたりして重さを確かめている。

「うむ。こうして手に乗せてみるとやはり重いぞ。それなのに湯には浮く……なんと面妖な……」

「お前、存外細かいことを気にするやつだな」

「静は己の体に無頓着過ぎるぞ。己の綺麗な顔も知らなんだし……それにしても乳が浮くのであれば我の蛇も浮くかな」

「よせ、試すんじゃない、馬鹿者」

　こんな会話をしているのが阿呆らしくなってくる。だがセンと暮らしていると、ずっと閉じ込められていたセンは普通の暮らしの何もかもが珍しいようで、よくこういうおかしなことを面白がる。静が考えてもみなかったようなことを指摘するので時には考えさせられるが、こういう悪戯盛りの男児のような言動には閉口する。

　センが温泉ではしゃぐのを眺めながら、静はゆったりと湯に浸かった。到着した折すでに夕刻であったので辺りはすぐに暗くなり、老婆が手燭を持ってきて出入り口に置き、湯の側の灯籠に火を入れて、ごゆっくり、と言って去って行く。

　見上げれば満天の星空である。木々のざわめきを聞きながら浸かる湯はこの上なく心地よい。

　揺らめく仄かな灯りの中、センは陶然として静を見つめた。

「うむ……温泉に浸かるそなたもまた美しいのう、静や」

「……そうか？　お前はどんな女にもそう言いそうだな」

「言うわけなかろう。愛しい静だけじゃ。それに、そなたより美しい女子などおらぬ」

　ざばと水を掻き分け静を抱き、愛おしげに口を吸う。濡れて黒髪の張りつく端正な顔が間近から静を見つめる。静は、押し潰された乳房から自分の心臓の音が聞こえてはしまわないかと内心焦る。

湯の中で抱き合ったまま口を吸っているだけで、腰が蕩けてしまいそうだった。尻の下で硬く反り返る蛇の質量を感じながら、静はうっとりとセンの愛撫を受けている。

「はぁ……ん……、お前の、肌……温かいな……」

「温泉で温まっておるからの。寒がりの我には、ここは極楽じゃ……愛しい妻も抱いておるしな」

「おい、妻では……ないだろう」

「そうかの？　とうに夫婦のようなものではないか」

「ただ、寝ているだけだ。まだ……夫婦などとは」

そう言いながらも、センに妻と呼ばれて、胸がどきりと弾んだ。婚姻になど興味はなかったはずなのに、センの妻になると思うと、どういうわけか身が浮くような快さを覚える。

センの大きな手が両の尻朶を摑む。ぐにぐにと揉まれながら舌を吸われ、その手が後ろから狭間に伸びると、静の声が甘さを増す。

「ん、ふぅ……こ、こら、セン……」

「よいではないか。他に客は誰もおらぬ……あの老婆も我らを夫婦と見て、気を遣って邪魔はせぬよ」

「し、しかし、ここでは……ぁ、ああ……」

湯の中でもねっとりとした愛液が滲んでしまうのがわかる。センの巧みな指は花びらのあわいににゅるりと埋没し、探るように膣肉を撫でている。その生ぬるい刺激が、却って静の体を熱くする。

「静もぬるぬるじゃぞ……部屋まで我慢できぬじゃろ……な、ここで、ちぃとばかし……先っちょだけ……」

「お、お前……、京の宿でもそう言って、まるきり約束を反故にしたではないか」

「うむ……我は二枚舌のようなものじゃからの」

「おい、あっさりと認めるなよ……馬鹿者……」

ちゅくちゅくとセンの指が静の中を擦り上げる。たまらずに腰が浮き、無意識にセンの胸板に乳房を押しつけ、めり込んだ乳首を刺激してしまう。その間も、執拗にセンは静の口を吸った。上顎を舐め、歯列をなぞり、舌に絡みついて絞りながら、唾液を貪った。

「はぁ……、ふ……、んぅ……ふ」

「かわゆいのう、静……湯に浸かっているせいか、ここも柔いのう……ほれ、すぐに入ってしまう……」

「あ……ぁ……はあ、うあ……」

指が引き抜かれると同時に、ずぷりと極太のものが入ってくる。大きく開かれる感覚に入り口が痺れ快感が背筋を駆け上がる。

腰を掴まれひと息に奥までぐっぽりと埋められ、静はセンにしがみついてぶるぶると震え、達した。

「はあっ……、あ……あぁあ……」

「あぁ、よいのう……心地よい……最高の温泉じゃのう、静や……」

湯をちゃぷちゃぷと鳴らしながら、センは静の腰を掴み、自身のものを打ちつける。長大なものをみっちりと最奥まで入れられて、ひしゃげた子壺がとめどなく甘美な法悦を垂れ流す。

（あぁ、大きい、大きぃ……死ぬほど太くて、死ぬほど長い……あぁ、最高、最高だ……）

体の大きな男に抱かれるのが好きだ。陰茎の大きな男はもっと好きだ。そんな傾向はあったが、センは軽くその条件を超越し、極上の絶頂を与えてくれる。

「はぁあ、あっ、はぁ、あぁ、ああ、はぁ……」

静は瞼を震わせ、開け放した口の中で舌を丸め、交合の快楽に酔い痴れた。奥に嵌め込まれたままぐりゅぐりゅと腰を回されると、背筋がビクビクと痙攣し、どっぷりと蜜があふれてしまう。

「あぁ……あ、へあ、あ、いい……いいぃ……」

「ああ、我も、よいぞ……はぁ……静の肉が、ぎゅうぎゅう蛇を絞ってくるわ……おお、たまらぬ……」

反り返った蛇から、またざわりと突起が突き出る。ぞりゅぞりゅと余すところなくぬかるんだ膣肉を捲られ、悲鳴のような喘ぎ声が漏れる。

「ひぃ、あ、はぁ、ああ、これ、これぇ」

「静はこのとげとげが好きじゃな……ふふ、他の男にはないじゃろ……もっと味わうがよいぞ……」

ねっとりとした腰使いで濡れそぼつ熟れた粘膜を掻き乱す。静は髪を振り乱してよがり、何度も細かく達した。

ふわふわと浮かぶような快さを味わっている最中、気まぐれに腰を摑まれ、乱暴にどちゅどちゅと奥を抉られて、静はつま先までぴんと強張らせ、絶頂した。

「ふうぅっ……！　うぁ……、は……あはぁ……」

忘我の快さにぴくぴくと震えている静を抱き締めながら、センは恍惚として腰を動かし続ける。細かい汗の粒を浮かべる静の顔中を二又の舌で悪戯にくすぐり、うっとりと愛しい女を見つめている。

「湯が、時折、入るのう……それがまた、よいな……」

「ふぅ、うぅ、へぁ、あぁ、セン、センぅ……」

「ふふ、蕩けきっている静はかわゆい……どんな静もかわゆいが、やはり交わっているときの静は絶品じゃのう……」

どぷり、とセンの蛇がまたあの媚薬をこぼす。脳天まで蕩けてずぶずぶに理性の崩れた静は、目を白くしてよがりながらセンの腕の中で身をくねらせる。

「あぁ、あ、はぇあ、あふぁ」

「はぁ、あぁ、静、静や、我の静……」

背を岩に押しつけられ、乳房をもみくちゃに揉まれ、乳輪ごと乳頭を吸われながら、激しく巨根を出し入れされる。

「はぐ、あう、あっ、はっ、あ、あぁ、あ、いい、それ、イッ……、あ、ふぁあ……」

目の前に火花が飛ぶ。乳首をきつく吸われると、奥が締まってより鮮やかにセンの形を感じてしまう。大きな亀頭、太く長い幹、無数の突起、それらが静の蜜壷をめちゃくちゃに掻き回し、奥を穿ち、静を絶え間ない絶頂地獄に突き落とす。

「はひぁっ、あ、はあぁ、んあああぁぁア」

「ああ、あぁ、最高じゃ、静、静ぅ」

センは測って造られたように端整な顔を快感に歪めながら、静を犯す。二匹目の蛇までもぐっぽりと沈めてしまうと、いよいよ静の声は獣じみて本能のままに悦楽を露出する。

「おんぉ、お、は、ふあぁ、あ、あぁ、あ、あうあぁ、ひあ」

湯が激しく波打つ。粘膜の狭間で蜜がぐちゅぐちゅと擦れ合う音と共に山深い湯治場に水音を響かせる。ずっぽずっぽと二本の逸物が激しく出入りし、静は細い胴体の上で豊かな乳房を弾ませながら、快楽の甘い蜜を余すことなく呑み込んでいる。

「ふあぁ、ああ、は、へぇ、はっ、はあぁ」

「く、おぉ、お……搾られる……はぁ、静、静……」

「んぁ、あ……はぁ…………」

静は全身を強張らせ、高々と高みへ跳ぶ。ふわりと体が浮き上がり、めくるめく官能の波に揉まれ、極彩色の法悦を味わいながら、意識を手放した。

「ん……ぅ……、ふぅ……」

そして、次に目が開いたときには、部屋にいた。綿の入った布団の上で、静はうつ伏せになりながら犯されている。

失神している間に部屋に運ばれたのだろう。恐らく、こうして繋がったまま。

「ふぅ……夜は長いぞ、静……心ゆくまで、楽しもうぞ……」

「ん、く……ふぁ……せ、セン……あ、あぁ……」

センがばちゅばちゅと腰を打ちつける。後ろから深々と突き入れられると、脳天まで蕩けるような絶頂感に支配される。

（ああ、気持ちいい……気持ちいい……ずっとこうしていたい……）

この世に自分ほど快楽を欲しいままに浴びている女はいるのだろうか。いや、いない、と断言できる。こんな底なしの絶頂をあふれるほど味わえるのは、セン以外の相手ではあり得ない。無尽蔵の精力に二匹の凶悪な蛇を持ち、肉体の限界を超えさせる媚薬まで使うのだ。それに、立派な体格と美しい顔、妙なる声。こんな男を拒める女などいないだろう。誰もがやすやすと征服され、ただ絶頂に揉まれて喘ぎ続ける雌になる。

「はぁあ、あぁあ、んう、お、んお、おぉ、はあぁ」

ぐちゅぐちゅずぼずぼと、湯から上がったはずなのにたっぷり潤う水音が派手に響く。静は顔を布団に擦りつけながら、後ろから好き放題に穿たれる被虐的な快感によがり抜いた。湯の中で長々と耽っていたために、まだ芯まで体は温まっている。それ以上に、激しく深い快楽のために未だ蒸し風呂に浸かっているかのような熱気が二人を包んでいた。

これまでの男で、もちろんこんな奥まで入ったことはない。二本など、更にあり得ない。それを受け入れさせる蛇の非情さと毒のような媚薬が恐ろしい。

「あぁ、ひあぁ、あふ、うぅ、んぐ、ふ、はあぁ……」

「はぁ、あぁ……ふふ、静……静のここがこんなに拡がっておるぞ……」

「ひぃ、ン、く、ふ、だめぇ、あ、は、らめ、あ、あぁあ」

二匹の蛇に潜り込まれ好きに出入りされ、潤んで蕩けきった入り口をなぞられる。否が応でもセンをすべて呑み込んでいることを意識させられ、静は呼吸を荒らげ、皮膚を熱くした。

「おお、締まった、締まった。我の精を絞りつくそうとするようじゃ……あぁ、よい、よいぞ」

「はぁっ、あお、お、ふぁ、ひゃ、は、あぁぁあぁぁ……」

ずちゅずちゅぐぼぐぼと粘ついた音を鳴らしながら、最奥を小刻みに突き上げられる。たまらず愛液をしとどにこぼし、瞬く間に追い上げられ、極楽の奈落へ飛ばされる。

「ふぁ、はあぁぁ……、あ……あぁあ………」

一定の律動を刻まれて忘我の淵から戻って来られない。静は涎を垂らし目を裏返しながら、快楽の汗を噴き、ヒクヒクと痙攣し続けた。

「おお、おお……吸い取られる……あぁ……あふれてしまう、あ、あぁ」

静の最奥でセンが爆ぜる。大量の肾水がどっぷりと子壷に注がれ、その精にすら絶頂の呪いでもかけられているかのように、静は淫水を呑み込んで絶頂した。

「さあ、さぁ、孕むのじゃ、静……我が妻よ……もっともっと、注ぎ込んでやるからの……我と家族を作ろうぞ……」

耳の中に直接甘い声を吹き込まれ、静は快楽に酩酊したまま、うんうんと頷いた。

家族を作る。そう、二人とも家族はいないのだから、これから作り上げていくのだ。忘れたものも、失ったものも取り返すことはできない。だが、新しく作ることはできる。なんという名案か。センにしてはよいことを思いつく、と酔い痴れた静は考える。

横抱きにされ腰を回されながら、静は再びセンから生えた複数の蛇に体中を愛撫されるのを感じる。センの手は玉の汗を浮かべた乳房を揉みしだき、もう片方で静の脚を抱え上げている。蛇は乳首に吸いつき乳頭を扱き上げ、膨らんだ花芯をしゃぶり、センを呑み込んで哀れに拡がった入り口を舐め回す。

「ひぁぁ……あ……あうあぁ、いぃ、いいぃ……」

方々から一度に快楽に追い立てられ、静は甘い声で叫びながら身悶え、たっぷりと愛液を噴きこぼし、それをまた蛇が貪欲に啜り上げる。

（乳首、引っ張られて、舐められて、気持ちいい……下も、あそこ、吸われて、たまらない……あぁ、全部、一度にされると、もう、だめ、頭が、変になる……）

蛇に全身を舐められ吸われ飲み込まれ、桃源郷から帰って来られなくなる。静の感じる場所を熟知していて、そこに蛇は集中し、静はただよがることしかできなくなる。

「おぉ、ずっと達しておるのう、静……ああ、なんと美しい……この姿、そなたを欲しがる男どもに見せつけてやりたいのう……我だけのものじゃと示してやりたいのう……しかし誰にも見せず我が独り占めしたいとも思う……悩ましいのう……」

独り言のように呟きながら、センは精強な腰を激しく叩きつける。じゅっぽじゅっぽぐっちゃぐっちゃと、濡れた音を立てて静の愛液とセンの淫水が掻き回され白く泡立ち、蜜壺は二本の太魔羅にいじめ抜かれて永遠の絶頂に身悶えている。

「はぁ、あぁ……はひぁ……はへ、は、あ、あはあぁぁ……」

叫び過ぎて喉が嗄れている。曖昧な意識の中、肉体は極楽に呑まれ官能の海に溺れきっている。

センの甘い淫蕩な体臭に包まれ、静はまるでセンという大蛇に頭から飲み込まれたような心地になった。肉体が形を持たなくなり、センの体の一部に溶け込んでしまったようだ。

体の奥で弾け続ける絶頂の火花に、肌は汗みずくになり、指はもつれて絡まり、四肢の先まで緊張と弛緩を繰り返す。悦楽の涙に濡れた目が映すのは、仄かな行灯の灯りに照らされた部屋に漂うけぶるような乳色の靄の中で、絡み合いまぐわう男女である。かと思えばその視点は肉体に戻り、高い鼻梁を擦りつけ執拗に己の口を吸うセンの美しい顔が見える。その濡れたような闇の瞳の奥に燃え立つ紫色の焔に魅せられながら、静は喘いだ。

体中を快感に抱き締められ鳥肌を立てて絶え間ない法悦を味わいながら、センに熱烈に接吻され、静は二又の舌を夢中で吸った。

「静や……かわゆい静や……心地よいのう……ずっとこうしていたいのう……永劫に静を愛しながらまぐわっていたいのう……」

肉体の快感にむせび泣きながら、蜜のように甘いセンの声に蕩かされる。二本の陰茎を持ち複数の蛇を生やし、もはや人とは呼べぬ異形の姿であるにもかかわらず、センは誰より静に人の温もりを感じさせた。

今まで誰かにここまで欲されたことがあっただろうか。愛されたことがあっただろうか。

心がないゆえにわからなかっただけかもしれない。情で想うだけの思慕もあったのかもしれない。けれど静にとっては、この溺れるほどの愛の言葉と快楽のみしか、真実と感じ取れなかった。体と心を支配され、その相手のことしか考えられなくなるほどに奪われ、貪られなければ、強く欲されていると思えなかったのだ。

「セン……、あぁ、あ、はあぁ、セン、セン……」

「静、静や……我の静……」

熱い情が津波のように込み上げ、静はセンに向き合って必死でその体にしがみついた。センもそれに応え、背骨が軋むほどに静を抱き締めながら、幾度も名を呼び、ひとつに溶けてしまうかのような接吻を繰り返した。

二人はありとあらゆる形で繋がりながら、この世のものとは思われないほどの快楽を堪能し、空の白むまで互いを貪り続けた。

目が覚めたときには、すでに日は高くのぼっている。センに後ろから絡みつかれたまま眠っていた静は、蛇に巻きつかれる夢を見ながら瞼を開けた。

老婆は山菜をたっぷりと使った昼餉を出してくれた。おかわりはいくらでもありますので、たんとお召し上がりくださいと言って下がっていく。

まだ半分寝ているような心地で味噌汁を飲みながら、静は腰が定まらず、何度も座り直す。未だにセンが中に入っているようだ。

「疲れを癒やしに来たはずが、また疲れたな……」

「おや、そうかの。肌艶はよいぞ。ツルツルスベスベじゃ」

「それはお前だろう。満足げな顔をしおって」

温泉の効能か交わりのためか、センの肌はいつも以上になめらかで練絹のようである。昨夜は呪文の如く孕め孕めと言われ続け抱き潰されたため、半ば意識は飛んでいたものの、未だその声が耳に残る。

センのその妊娠への執着を、静はふしぎに思っていた。

「……セン。お前が私を孕ませたがるのは、初めは他の男に嫁がせぬためだったと思うが、今はどうなのだ」

「おや、夫婦ならば子を成すのは普通のことじゃろう。違うのか？」

「それは、そうだが……」

もうセンの中では自分たちは夫婦ということになっているのか。すでに否定する気も起きなかったが、妙にふわふわと浮ついた心地になるのを覚えた。

最初に村長に嫁げと言われたとき、静は何も感じなかった。相手が幼馴染の正平とわかったときにもどうでもよいと思ったが、正平に触れられると、嫌悪感が湧いた。

そして今、センに夫婦や妻などと幾度も言われ、胸が高鳴ったり、温かい湯で満たされたような心地になるのを感じている。

（これは、嬉しい、ということなのだろうか）

自分の心がまだよく把握できない静には、はっきりとはわからない。けれど、センと共に暮らすのは楽しい。心が弾む。そしてそれが今や当たり前の日常となっている。

「里に戻ったら……お前のことを村長に報告しよう」

「うん？　何と」

「私にはすでに夫がいる、となまた別の男をあてがうと言われたら敵わん。もうよそ者がどうのというのは、どうでもよい。お前の方が……大事だ」

センは目を丸くして、静を凝視する。そしてものも言わずに箸を投げ、静を力いっぱい抱き締めた。

「おい、こら……」

「静ぅ、我は嬉しいぞ。嬉しゅうておかしくなりそうじゃ」

「何だ、いきなり。何がそんなに嬉しい」

「わからんのか。そなた、初めて我を夫だと、大事だと言うてくれたではないか」

「ああ……ようやく、己の心が摑めた。ありのままを言ったまでだ」

センが雨のような接吻を降らせてくる。このままではようやく眠った凶悪な蛇がまた起きると、静は慌ててその体を突きのけた。

「じゃが、里に戻る必要などもうないのではないか。我と二人でこのまま旅立とうぞ」

「お前、それでは壺はどうする。家に置いてきたままではないか」

「ああ……それがあったか」

「とりあえずは、筋を通す。このままでは間違いなく里を出た抜け忍の扱いだ。それは面倒なのでな」

「しかしのう、結局里を抜けるのじゃろ」

「ああ。だが、縫姫の依頼の顛末は話さねばな」

偽の依頼ではあったが、そのことは説明しなければならない。村を発つとき、静は誰にもその依頼を受けたことを話していないのだ。それは縫姫に極秘の任務であると含められたからだが、このままではあの姫が勝手なことを吹聴すればそれがそのまま真実になってしまう。

自分がどう思われようと誇られようと何も感じぬ静ではあるが、あの静を狙った乱波が死んだのであれば、他に縫姫に報告する者もおらぬだろう。騙されたことは腹立たしくもあるので、自分は生きていると証明し鼻を明かしてやりたい気持ちもあった。

「あまり気が進まんのう。面倒じゃのう」

「お前は姿を消していてよいぞ。報告した後、またすぐに村を出よう。少し辛抱してくれ」

義務を終えた後、初めて風渡の里の外で暮らしていく生活が始まるのか。センと共に。

それを考えると、静は突然、目の前に途方もない開けた世界が見えるような気がした。乱波としての生き方しか知らぬ自分に、一体どんな未来があるというのだろう。これは一からの旅路なのだ。その想像は、無限の可能性への希望となって静の胸を膨らませた。

＊＊＊

翌日、二人は風渡の里に帰り着いた。

足を踏み入れた瞬間、異変に気づく。ひと月も留守にはしておらぬのに、村の有様は妙に変わっていた。

皆、覇気がない。田畑も荒れ果て、人々は日々の仕事もせずにぼんやりとして、まるで幽鬼のようである。

そして、空気が重く澱んでいる。以前の風渡はもっと、地形の関係かその名の通りに清らかな風が吹き抜けていた。しかし今は、風も何もない。濁った川の底に腐った泥が沈殿しているようだ。

「……おかしいな」

「ああ、おかしいのう」

　二人で村の様子に首を傾げながらひとまず家に戻ろうとすると、下忍の一人が静を認めて呼び止めた。

「静、戻ったのか」

「ああ……村の様子が妙だが、一体何があった」

「まずは、すぐに村長のところへ行け」

「なぜだ」

　男は無言でかぶりを振る。問いには答えず、どろんとした目で静を見る。

「……お前、里を抜けたのではないのか」

「そうではないと証明するために、戻って来た」

　男は疲れたような顔でため息をつき、「村長が待っておるぞ」と促した。

　やはり、静のいない間に縫姫があらぬことを吹聴していたのだろう。とあれば、静が村に入れば一気に取り囲まれそうなものだが、それもない。皆疲れ果てた目で静を眺め、時に怯えた顔をする者もあったが、誰も声をかけてこない。一歩歩くのも面倒といった様子である。

　静は村の声がしんと静まり返っていることに気づいた。何の音も聞こえない。

（やはり、妙だ。いつもならば、草木の声が、土の音が、風のざわめきが聞こえるという

のに)

慣れ親しんだ村の空気の変化に、静はただならぬものを感じた。まるで何かを恐れ、息を潜めているかのようである。見れば、木々も枯れているものが多い。ところどころに水たまりがあるが、まるで毒のようにおぞましい色をしている。

数々の変化を不審に思いながら杉野屋敷へ赴くと、思わぬ報せを聞かされた。

「え……縫姫さまが……」

「ああ、我が娘は死んだ。一体何の病だったのか、三日三晩、血を吐き苦しみ抜いて死んだそうじゃ」

静は思わず、傍らのセンと顔を見合わせそうになって、こらえる。

今センは姿を見えぬようにする術を使っている。センが見えているのは静だけなのだ。

「縫姫だけではない。数人、同じようにして死んだ。今も床に臥せっておる者が何人か。すべて、縫姫と共に行動した者らのようじゃ。他の村人らも、軒並み様子がおかしい。まったく、ひどい有様よ」

「縫姫さまが、一体何を……?」

弘蔵は小さくかぶりを振る。

「わしがおらなんだ内に、縫姫は色々と勝手なことをしようった。おぬしの家も、ひどい有様じゃが……許せ。あやつはもうこの世におらぬ仏じゃ」

弘蔵は娘が死んだというのにまったく悲しみの表情を見せない。もしやあの頑なに動かぬ顔は面ではないのかと疑ってしまう。

しかし、自分らが留守をしている間に、縫姫は何をしたというのか。家には別段取られて困るようなものは置いていないが、ひとつ、気がかりなものがある。それに気づくと、静は村長にセンのことを説明するどころではなくなった。

杉野屋敷を出ると、急いで自分の家に向かう。嫌な予感がした。

「これ、静。何をそんなに急いでおる」

「お前こそ、そんな呑気な……家には、お前の大事な……」

一見して、家の中がめちゃくちゃに荒らされているのが遠目にもわかった。近づいてみれば、ひどい臭いがする。

そして真っ先に目に入ってきたのは、静が心配していたものの無惨な姿だった。

「あ……、せ、セン……壺が……」

「ん？　ああ、おやおや、これはまた、盛大にやってくれたのう」

割れただけでなく、そこには糞のようなものまで擦りつけられている。あまりに悲惨な状況に、静はしばし言葉を失った。

「すまぬ……すまぬ、セン。お前が何より大事にしていたものだったのに……」

「いや、よい、よい。静、我はこれが割られていたことをとうに知っておった」

「なに……？」

静は訝しげにセンを見た。

壺が割られたのは、明らかに静とセンが京の都に滞在していたときだ。それをどうやって知り得るというのか。色々と人間離れしているセンのことなので、何らかの方法で壺の状況を把握したのかもしれないが、それにしても、まったく衝撃を受けず平気な顔をしているのはなぜなのか。

壊された上に、これ以上ないほど汚されているのだ。あれほど大事そうにしていたというのに、センは微塵も心を動かしたようには見えない。

「セン。この壺はお前にとって大切なものではなかったのか。お前の一族が代々……」

「大切というかのう。どちらかといえば、邪魔であったわ」

「邪魔だと。しかし、城の地下からもわざわざ持ち出してきたではないか」

「あのときはな。城が崩れてしまうこともうっすらわかっておったし、そのまま埋もれてしまうのも困るのよ。この壺はな、我を縛る枷《かせ》じゃ。我自身に壊すことはできぬが、ある条件を備えた者になら壊すことができる。みすみす城の地下に埋もれさせてしまっては、我が自由になることもできぬからのう」

「セン……。言っていることが、まったくわからない。初めの話と違うではないか」

あの壺は、センの一族が代々守ってきた壺のはずだ。中には神が入っているのだとセンは言っていた。

その神はセンの一族が『造った』もので、そのためか、時折一族にはセンのように特殊な能力を持つ者が生まれるのだと。それは壺の呪いとして、その者は守られながらも厭われるのだと。

壺とセンを手に入れんがために、他の一族は殺され、センは相手を呪い殺すことのできる道具として方々の悪人に盗まれ、閉じ込められてきた。

そうして最後の持ち主である大名の城で静がセンを見つけ、攫ってきたのだ。そういう経緯のはずだった。

だが、今のセンの口ぶりでは、まるで壺を誰かに壊して欲しいがために、城から持ち出したようではないか。

静の不審な視線を受けて、センは困ったように笑っている。

「うん、すまぬのう、静や。我が話した一族の話や壺のことは紛れもない事実。じゃが、我自身の事情は、ちと違うておるのよ」

「違うとは、どう違うのだ」

「我はな、閉じ込められておったのじゃ。この壺にな」

「なに……。それでは、お前は……」

「静！」

そのとき、彼方から静を呼ばわる声がした。

見れば、あまりにも懐かしい、清兵衛の姿がある。

以前よりも少し痩せ、無精髭を生やしたその顔は、人が変わったように荒んで見えた。

「清兵衛さま……」

「早う、そこを離れよ！　その家から……早う！」

清兵衛はなぜか焦っている。静はわけもわからず、センを見た。センは目を細めて清兵衛を見つめている。

「静、そこは恐ろしい場所だ。おぞましい瘴気が溜まっておる」

「瘴気……？　清兵衛さま、この家にはもう何もない。すべて壊され、汚されて」

「ものではないのだ。毒、毒だ……そこにおると体を害する。早う、静、早う」

清兵衛には何かが見えているのだろう。静に手を差し出しながらも、自分が近寄ることはできない。

そのあまりの焦りように、静は仕方なく清兵衛の言う通りに家を離れた。なぜか、センはその場に立ったまま、ついて来ない。

「清兵衛さま、今戻られたのか」

「戻ったのは数日前だ。先刻、胸騒ぎがして山神さまの社を見てきた。昨日は無事だったというのに、どういうわけか、まるで長い時を経たかのように朽ち果てておった。いや、朽ち果てるというよりも、溶けていたという方が正しいか。まるで毒によって腐らせられ溶け落ちたかのようだった」

「社が……」

風渡の山の頂にある社は、この里ができる以前から存在する。村人たちは山神を敬い、崇め、代々この神と共に生きてきた。社は村人たちが丁寧に手入れし、古いながらも常に清潔に保たれ、立派にこの地に建っていたはずだ。

「静、この村では今、恐ろしいことが起きている。縫姫が何やら触れてはならぬものに触れ、それを壊したらしい。未だ息のある村人に聞いた。あやつは複数の下忍らと共に、そなたの家に無体を働いたのだ。その折に……」

「壺……壺を壊したのは、縫姫さまか」

静の言葉に、清兵衛は目を見開いた。

「それを、知っているのか、静。それは、その壺はどこから持って参ったのだ」

「梅谷の、城から……」

「あ……、あ、ああ、そうだったのか。そなた、あれを……あの壺を持ってきてしまったのか」

清兵衛は膝から崩れ落ちた。思わず駆け寄りその体を支えるが、清兵衛の顔は真っ青だ。唇は紫色に変じ、震えが止まらない。

「そなたは潜入先でこれまで一度も盗みをしなかったというのに、何故、よりによってあの壺を……」

何故。それが、わからない。

ただ、衝動的なものだったのだ。あの壺ではない、あそこにいた儚げな幼き者を救わなければいけないという、本能の声にただ従ったのだ。

「清兵衛さま。壺のことをご存じなのか」

「静。そなたは恐ろしいものを持ち込んでしまった。あれは、国ひとつ滅ぼせるほどの強大な呪神だ。大陸で数多の王を殺し、この島国に持ち込まれた後も数え切れぬ家々を滅ぼした。この世に存在してはならぬものなのだ」

清兵衛は落ちくぼんだ目で静を見つめ、鬼気迫る勢いで捲し立てる。

「俺は、此度の依頼であの壺のことを調べておったのだ。長い間、国中を探し回った。だが、見つけられなんだ。最後に確認できたのが、梅谷。それ以降がわからなかった。煙のようにふっつりと消息を絶ってしまったのだ。それが、まさかこの村に、そなたの家にあったとは……」

「清兵衛さま、なんと、あれを探す依頼で村を出ていたのか」

ずっと里を空けていた清兵衛が取り掛かっていた仕事が、まさかセンの壺を探すものだったとは。しかし、数多の悪人が欲しがる壺を探す依頼とはどういうことだろう。その依頼人も、どこかの野心あふれる大名なのか。

「壺を探す依頼など、どこから」

「この国に壺を持ち帰った僧の寺だ。盗まれて以来ずっと壺を探してきたが、とんと行方が摑めぬので風渡へ依頼をした。供養して、封印したいとのことだった」

「いいや、違うな」

突然、センの声が降ってきた。

いつの間にか、静と清兵衛の側に立っている。冷えた眼差しは物でも見るように清兵衛へ振り下ろされている。

「その依頼主、大金で壺を再びどこかへ売ろうという魂胆じゃ。人間とはそういうもの。

憎い相手を呪い殺す道具なぞ、方々から手が伸びる。金の卵を産む魔法の道具よ」

「お……お前、は……」

清兵衛はセンを見て紙のように白い顔をして硬直した。

「な、何だ、こやつは……人……人の姿をしている……」

「おお、そうとも。我は人よ。どうしても惚れた女子の手を取りたくてな。一途なものじゃろう？」

「だが……だが、お前、人ではなかろう！」

清兵衛には、何が見えているのか。

懐から数珠を取り出し、必死で念仏を唱え始める。清兵衛の周りを、清浄な青みを帯びた空気が包んだ。

センは鬱陶しげにため息をつく。

「おい、そのつまらぬ独り言をやめぬか。勘違いしておるようじゃ。我にそんなものは効かんぞ」

それでも清兵衛が詠唱を止めぬと、センは舌打ちをして手を軽く振る。すると、清兵衛の手に巻かれていた数珠が叫び声のような音を立て、粉々に砕け散った。

「う……っ、あ、ああ……」

清兵衛は恐怖に満ちた声で呻いた。怯えきって腰でも抜けたように動けず、ただ震えながらセンの凍てついた視線に刺し貫かれている。

「頼まれて我を探しておったようじゃが、残念じゃの。我が悪人に使われることはもうない。檻《おり》が壊れて自由になれたからのう……。ようやくじゃ。長い長い時を待っておった。人の世になど興味はなかったが、囚われておるのは面白うないからの。おぬしの妹には、感謝せねばな」

「ぬ、縫姫は、何故、あれを……」

センは静が見たこともない笑い方をした。魂のない、冷たい石が笑ったかのようだった。

「ずうっとな、誘っておったのじゃ。元々あの女子は黒々とした憎悪の蛇を飼っておった。それをちょいとこう、煽ってな。育てたのじゃ。大きゅうなったぞ、あの蛇は……憎しみ、憤り、妬み、嫉み……それらを深く心に根づかせた者のみが、壺を壊すことができる。共鳴するのじゃな。こちら側に入って来られる。ゆえに、物体として破壊することができるのじゃろう。普通はな、そういう者どもは壺を壊さぬ。壺を使って誰かを壊そうとする。じゃからのう……我を知らぬ無知なる悪人が必要であった。あの娘はようやってくれたぞ。天晴じゃ。あの憎悪、どの悪人よりも見事な深淵であったわ」

清兵衛は声を上げて地面に突っ伏し、慟哭《どうこく》している。妹のためか、己の不甲斐なさのためか、恋した女の不始末のためか。

初めはわけがわからなかった静も、今何が起きているのか、少しずつ理解し始めた。

センが縫姫を煽っていたなどということは知らなかったが、それは壺を壊させるためだったのだという。負の情を多く持つ者のみが壺を壊すことができる。その法則はよくわからない。センに壺を開けたり壊したりしてはならぬと言われていたが、そもそも、心を持たぬ静には壊すことなどできなかったということか。

「セン、お前、なぜ今姿を現した」

「もうこの村は終いじゃろう。毒が根を下ろしてしまった。ここで人は生きておれぬよ。姿を消すのも窮屈でな。面倒になった」

「お前が毒をまいたのか」

「我の毒だが、我がまいたのではない。壺を割ったためにな、溜め込んでおったものが飛散した。それは我の中に戻って来たが、水を一度に多く器に注ぎ込めばどうしても辺りに飛び散り、濡れてしまうのと同じことよ。仕方あるまい」

だが、壺を割らせるために誘い込んだのはセン自身なのだろう。それならば、センはこの村が毒に汚染されるであろうことを知っていた、ということになる。

明らかにセンの意図によって引き起こされた事態だ。割ったのが誰であれ、元をたどればセンに行き着く。

　しかし、静にそれを責める気はなかった。ここは自らの育った場所、住む場所であったが、愛着はない。正平の魂のように、静が死んでも魂はこの村になど戻っては来ないだろう。此度も、ただ筋を通すために戻って来たのみで、すぐにまた出るつもりでいたのだ。

「縫姫さまが死んだのは……」

「毒気を近くで浴びたからじゃ。壊した張本人じゃからの」

「そのとき近くにいた者たちも、害されたということか」

「うん。静の家を壊し汚した者たちじゃな。命令されて動いておったのじゃろうから、気の毒ではあるが」

　泣き続ける清兵衛の大きな声に、村人たちが集まってきた。誰も彼も、泥の中で眠っているような顔をしている。

　その中に村長、弘蔵の姿もあった。静たちのやり取りを聞いていた者があったのだろう、すべてを呑み込んだ顔で、相変わらず微塵も情を表さずこちらを見ている。

「なるほど、静がその毒の物怪を村に引き込んだか」

「父上……」

　清兵衛が泣き腫らした目を父に向ける。涙とともに心まで流してしまったのか、今までの凛々しい青年とは別人のように、まるで土塊《つちくれ》人形の如き茫洋《ぼうよう》とした顔つきになってしまった。

弘蔵はそんな息子の方をちらとも見ない。ただ、静とセンを凝視している。

「壺の話は無論聞いたことがある。乱世が生んだおぞましきものとな。それが我が村に潜んでおったとは。乱波が血眼になって探した呪いの壺が、乱波の里に忍び込むか。ははは」

口だけで笑い、目は冷え冷えとしている。しかし、静は弘蔵が笑い声を上げるのを初めて聞いた。それは激しい憤怒《ふんぬ》の声であった。

そしてすぐにその笑みも引き、ぴたりと静の家を指差した。

「まずは、燃やして清める。我が家には高僧が授けてくださった代々守っている炎がある。それであの家を、物怪に取り憑《つ》かれた静もろとも焼き払うのだ。さすれば、毒の呪いも解けよう」

下忍たちに目配せする。魂が抜けたようになっている男たちは、それでもきびきびと弘蔵の指示に従って動いた。そもそも、乱波とは心を要さぬもの。それゆえに、心がないとされた静は忍びの技を極めることができたのだ。

静の家を恐れて近づけぬ男たちは火矢の準備を始めた。弘蔵が清兵衛を引きずって静たちから引き離し、家と静らの周りをぐるりと取り囲む。

「さあ、皆の者、火を放て」

男たちが弓矢を携えて集う。村長の声に従って構え、火矢を放った。燃え立つ矢じりが、静とセンに向かって、背後の家に向かってビョウと風を切り、鋭く飛ぶ。

「愚かな者どもよ」

センが低く呟いた。

火矢は不自然な軌道を描いた。まるで突風にでも吹かれたかのように二人を避けて家に集中し、刺さった途端、家は瞬く間に燃え上がる。

そして、とぐろを巻くように上がった焔は、数多の蛇の如く鎌首《かまくび》をもたげ、村の家々に向かって飛び出した。

「なに」

弘蔵が目を剝く。誰も予想だにしない展開だった。村人たちは悲鳴を上げて逃げ惑い、必死で水をかけて火を鎮めようとするが、まるで勢いが衰えない。

黒煙を上げる炎は蛇の舌のように大地を舐め、人々にまで燃え移ってゆく。

地獄絵図だった。燃え上がる家々、火だるまになった人々、木の爆ぜる音と火を噴く轟《ごう》音《おん》、絶叫。

阿鼻叫喚《あびきょうかん》の様相に、静はしばし唖然としていた。

こんなことになるとは思っていなかった。ただひとまず帰り、そして出て行くだけの場所だと思っていた。

それが今、目の前は火の海である。赤い火の粉のきらめく中、静はセンを見上げた。いつもと変わらぬとぼけた顔がそこにあった。

「おのれ……おのれぇ」

燃え上がる弘蔵は怨嗟《えんさ》の声を上げながらも、倒れず、仁王立ちになっている。それを傍らで呆然と見ている清兵衛は、もはや何も感じることができないようであった。

「恩を仇で返しよって……貴様の持ち帰った壺のせいで、村は……村はぁ」

「恩など感じたことはない」

村長の焼ける臭いを嗅ぎながら、静は無感情に告げた。

「私は私のいる場所で生きていただけだ。恩とは何か。この村に私は一度殺された。なぜ恩を感じなければいけない」

弘蔵はもう喋らなかった。それは仁王立ちのまま燃え盛る炭であった。

「静、行こうぞ」

センは優しく静の肩を抱き、穏やかに語りかける。

「もうそなたを縛る里もない。里がなければ、ここを出てももはや抜け忍とはなるまいな」

「ああ……」

静はただ、己の村が炎に包まれるのを眺めていた。村中を舐め尽くす炎は、静とセンの周りだけを円を描くように避けている。

「のろい、がみ」

去ろうとする二人の背中に、清兵衛が呼びかける。

思わず振り向くと、泣き顔のような笑顔のような表情で、燃える父の傍ら、清兵衛はこちらを見つめている。正気を失っている目だった。

「蛇王、さま……」

清兵衛はゆっくりと正座し、あれだけ恐れていたセンに向かって、深々と頭を下げた。

＊＊＊

二人は歩いた。

行き先もなく、急いでもいない。ゆっくりとした足取りであったはずが、いつの間にか、あの最初に出会った梅谷の城の跡地に来ていた。

「本当に、跡形もないな。見事に崩れている」

城門すら潰れている。土砂崩れにでもあってすべて覆われてしまったかのように、あの頑丈だったはずの城は消えていた。

小高い丘の松の陰から跡地を見下ろしながら、ここにあったはずの城を思い返し、静は呪いの恐ろしさを感じている。

(壺を失えば、同時にすべてを失うのだと、梅谷は知っていたのだろうか)

だからこそ厳重に地下に封じていたようにも思えるが、自らもあの壺を盗んだのであれば、また他の誰かが盗みに来るであろうことも十分に知っていただろう。そのための警備だったとも見える。

しかし、まさか壺自体が自分で出て行くとまでは、どんな賢い悪人でも考えが及ばなかったに違いない。

「セン、お前、こうなることがうっすらわかっていたと言っていたが」

「ああ。我の呪いで成り立った城じゃ。我がいなくなれば柱を失うのと同義。潰れるじゃろうとは思っておった」

静は隣に立つセンを見る。

出会ったときは静と同じくらいの背丈の華奢な少年だった。それが今は、身の丈六尺を超える逞しい青年と変じた。

やや古風で変わった喋り方をする、とぼけた同居人。蛇神の呪いを受けたという、人間離れした肉体。その特殊な能力。

ずっと悪人に盗まれ続け、人間の負の感情ばかり見てきたセンは、静の空虚な心が珍しく、それに惚れたのだと言って、ついて来た。

何にも執着を持たなかったはずの静は、センを見て、救い出さねばならぬという衝動のままに、城から攫った。共に過ごす内に、なくしたはずの心が、少しずつその色を変え始めた。

センとこの城で出会ってから、すべてが変わった。

静も、そして恐らく、センも。

「お前は……蛇神の壺を守る一族の生き残りなどではなく、蛇神そのものだったのだな、セン」

「……うん。嘘をついていて、すまなんだな」

センは子どものように素直に認めた。静も抵抗なくそれを受け入れた。

もとより、普通の人間でなかったことは明らかだ。そもそも人でなかったからといって、どうということはない。センはセンなのだから。

「それでは、お前が騙っていた一族の生き残りはどこへ？」

「我を造った一族は一人残らず殺され、とうに滅びておる。我は呪いの壺として、大陸を、この島国を渡ってきた。悪人たちはただ壺を盗んでいたに過ぎぬ」

考えてみれば、おかしな話であったと思う。壺と一緒に、人を盗む。壺が重要ならばその持ち主など殺してしまうだろうし、人が重要ならば、あの地下の神殿のように壺を祀るような真似はしない。あの壺を扱えるのがセンだけだったとしたら、自分はただ人の死が見えるだけで人を呪うことはできぬという嘘は、あまりに稚拙だろう。

「人の黒き欲望を吸い続けながら、我はここにやって来た……そして、そなたに出会ったのじゃ、静」

「あの少年の姿は？　今の姿は？　お前が蛇神であるのなら、姿は好きに変えることができるのか」

「うむ。最初からこの姿であってもよかったのじゃがな、こんなでかいのが地下に閉じ込められていても、そなたは救い出してくれぬじゃろ。自分で逃げろとか言いそうじゃし。そう考えて、か弱き子どもの姿をとった。そなたに連れて行ってもらうためにの」

「お前……そんな理由で、幼い姿になったのか」

動機が不純過ぎて、呆れを通り越して笑いが込み上げる。

確かに、静は実際に思ったことがある。初めからこんな立派な体格の青年であれば、救い出そうとは思わなかっただろう、と。となると、センの計画は秀逸なものだったことになる。計算高い蛇である。

「だが、そうやって人の姿にもなれるのならば、自分で壷を持って逃げ出せばよかったのではないか。お前、姿を消す術を使えるだろう」

「そなたに出会うまで、逃げようなどと思っておらなんだ」

「なに……そうなのか」

「うむ。逃げてどうする？　人の姿となって人の世で何をする？　別に、興味がない。これまでの我にとって、人など誰かを憎んでばかり、呪ってばかりの生き物じゃ。己の欲のために誰かを殺す。そのような情などない獣の方がよほどかわゆい。自ら醜き生き物の姿になろうとは、思いもつかなんだ」

なるほど、と静は大いに納得した。

敵を呪い殺すために盗まれ続け、流れ流れてきた蛇神にとっては、人はそのようにしか見えなかっただろう。常に誰かを憎み、恨み、呪い殺したいと思っている人間にばかり所有されてきたのだから。

「だが、お前は人に大切にされ、崇められてきた時代もあった。そうだろう」

「ああ。遠い昔にな。温かな人々の心も無論知っておる。我が蛇王と呼ばれ、敬われておった頃にの。じゃが、そういった人の中にも、黒い情はあるものじゃ。その黒い蛇を飼っておる者らの間を渡る内に、我は人というものは結局一皮剝けば皆同じと思うようになった。優しく、正直で善良な心を持っていても、ひとたび憎しみに支配されれば、人は誰かを呪う」

「心の欠けた私が言うのもなんだが、それは当然のことではないか。たとえば子を殺された母は、殺した者を恨み、呪うだろう。それは心があるがゆえに、温かい血の通う人であるがゆえに発する情ではないのか」

「その理由がどうであろうとな、呪いは呪いじゃ。我に心はないゆえ、理解できぬし、しようともせぬ。何かに関心を持つこともなく、ただ我の存在のみがあったのじゃ。じゃがの、さすがに長い間人を呪い殺し続けておれば、人とは何ぞと少しは考えるようになる。ただ結局は、人はただ呪い殺し、殺されるもの。そうとしか思わなんだ。そんな折にな、そなたに出会った。今まで見たこともない、空の心の人間とな」

　センの瞳がキラキラと輝く。何の光も反射しない漆黒の闇であるというのに、どういうわけか輝いているのがわかる。

「そなたが城に入ったときから感じておった。これは異な人間が来たぞ、とな。初めは人ではないと思うた。我と同類のものかと思うたのじゃ。しかし、そなたは人であった。人が、このような虚ろを持つものなのか。我は衝撃を受け、同時にその虚ろに吸い込まれるように、そなたに魅了された。あの空白を、我で埋めてしまいたいと願った。我でいっぱいに満たしたいとな。そうしたらの、あのひ弱な人間の姿になっておったのよ。そなたと言葉を交わしたい。そなたについていきたい。そう欲していたらの」

「つまり……私と出会って初めて、お前は自分の意志で動いたのか。それまでは、呪いの道具として使われるままだったお前が」

うん、とセンは頷く。

「我が初めて欲というものを持った瞬間じゃった。そなたを知りたかった。そなたを探り尽くしたかった。人の姿となるとな、ふしぎなもので、人のような心が芽生えてくる。我はこのそなたへの欲が恋と知った。そうするとな、世界が変わって見えるのじゃ。人の世も悪くない、そう思い始めた。形というものは大きいのう。我は人の姿をしている内に、人をより理解するようになっていった」

確かに、センはどんどん人間臭くなっていった。最初はどこかふしぎな浮世離れした少女（少年だったのだが）という印象だったが、しまいには花見まで楽しむような呑兵衛になってしまった。

「この国へ渡ってきたときにな、旅籠で歌ったあの歌を聞いたのよ。何とはなしに覚えていたが、あれは我の気性に合っていたのじゃろうなあ。遊びをせんとや、生まれけん……。なんとも、よい歌じゃ。この世の遊びを楽しみ尽くしたいものよ。この愉快な欲は、壺に閉じ込められておった折には知らなんだ」

「お前……そういえば」

はたと違和感に気づく。

センは壺と常に一緒にいたわけではない。京へも身ひとつで趣き、壺は静の家に置いたままだった。しかし、センはその中にいたのだという。意味がわからない。

「壺に閉じ込められているとはいうが、その姿となって壺の外に出ても平気なのだな。更には、壺を置いて私と方々へ旅したが、離れてもよいのがふしぎなのだが」

「あれは我の枷じゃ。我の毒気が外へ漏れぬようにする檻なのよ。あの壺を持ち、ある作法をもって誰かを呪い殺さんとすれば、それへ向けて毒が出る。つまり、我の力を制限し操作しておるものが壺であったのじゃ。我がどこへゆこうと、あの壺がある限り、我の力は限定的なものでしかなかった」

それでは、壺が壊された今、すべての力がセンの自由になったということか。静がセンの側にいても毒に侵されずにいられるのは、センが力を支配し、意のままにしているからなのだろう。

「すると……お前は、蠱毒の壺から解放されて、元の蛇神に戻ったのか」

「いや、元には戻れぬ。我はな……のろいがみよ」

センはどこか悲しげな顔をした。

のろいがみ。正気を失った清兵衛もセンをそう呼んだ。また、かつての呼び名であろう蛇王、とも。

「何かを呪う力しか持たぬ。木々を枯らし、水を腐らせ、人を殺す。呪われし神じゃ。恵みを与えることはできぬ。我が叶えられる願いは呪いのみ。そう造り変えられてしもうたからな。新たに生み出すことはない。ただ壊し続けるだけの、忌まわしいのろいがみじゃ」

「そんなことはないぞ、セン。お前は私の中に心を生んだ」

静の言葉に、センはキョトンとしている。

「お前に出会うまで、私は心をなくしていた。お前が虚ろと言った通りだ。だが、お前と過ごす内に……私の中に、今までなかった情が芽生えてきた。それは間違いなく、お前からもたらされたものだ」

「我が……静の中に、心を」

「お前、人の心が見えるのだろう。感じぬか、私の心を」

疑いながらもセンは静を見つめる。やがて首を傾げるが、その口元には笑みが浮かんでいる。

「……初めと変わらぬように見える。じゃが、我が授けしものであれば、我には見えぬのやもしれぬな」

「変わらぬのか？　しかし、私は己の変化を感じているぞ。虚ろであった頃にはなかった様々な情を覚えるようになった。すべてお前のせいだ」

「それはな、我の言葉よ。そなたに出会わなんだなら、我は人の姿になろうとも思わなんだ。人の世を知ろうともせなんだ。ただ存在するのみだった我に心を与えたのは、静、そなたなのじゃ」

「ふむ……神に心を与えた、か。私も偉くなったものだ」

自分で言いながら、思わず笑ってしまう。

すべてを明かされた今でも、センのことを神だなんだと敬ったり恐れたりする気にはならない。自分の隣にいるのは相変わらず、ただの風変わりな大男だ。

「それで……セン。これから、どうする」

「どうするとな。前にも言った通り、ふらりふらりと旅に出たいのう。我が知らぬ場所はまだまだいくつもある。それを見てみたいのじゃ」

「各地を放浪する蛇神か。それも面白い」

「静は、どうしたい」

「私は……そうだな。可能ならば、私の母の生国を探りたい。中国筋の、恐らくは海の側ということしかわからぬが」

ぽん、とセンは手を打った。

「それはいい。我もついて行って構わぬかのう」

「なんだ、ついて来ない気か」

「行くに決まっておる。我は静の夫じゃからの。それにそなたがどこへ行こうと、我には匂いでわかる。逃げようとしても無駄じゃぞ」

「逃げるものか」

静は笑った。

「私の虚ろの心はすでにお前が満たしている。今更手放せるわけがあるまい」

センは静を抱き締めると熱く接吻した。

そのとき、ふいに、腹の奥で何かが蠢くのを感じる。

(何だ、これは)

今まで感じたことのない、妙な感覚だ。まるで、自分でない別の存在が、体の中に息づいているかのような。

まさか、芽生えたか。

それに気づいた静は、しばし呆然とした。今しがた、センが人ではなく蛇神であったと知ったばかりである。それなのに、まさか己がその種を宿していようとは。人と神は命を交えることができるのか。

(のろいがみと人の間には、一体何が生まれるのだろう)

恐れはなかった。ただ、その奇跡に、驚きに打たれていた。

静の空白を埋めたいと言ったセン。虚ろを自らで満たしたいと願い、人の姿となったのだと。

静は満たされた。その上、新たな命を宿したのだ。壊し続けるだけの忌まわしい神が人に与えた命。それは、どんな姿をしているのだろうか。

水の音が聞こえる。波の音が。

風渡に売られる前に感じた、一筋の水の気配——それは、一匹の蛇。

かつては人々の守り神であり、そして人の手によってのろいがみに変えられた蛇神の呼び声だったのかもしれない。

風がざわめいている。山が鳴っている。
夕暮れの空は、風渡の里を焼く炎に似て赤い。

あとがき

こんにちは。丸木《まるき》です。

ソーニャさんでの四冊目となる今作ですが、乙女系小説としてはまだ書いたことのない戦国時代を舞台にしてみました。

ある意味人外×人外のお話なのですが、お互い人間らしさがあまりないところから始まっているため、情緒が人に近づいていく過程がたどたどしく、人間同士よりもよほど純情に見えるような気がします。していることはえげつないのですが。

それにしてもなかなか大きいお胸の魅惑から離れられない私ですが、果たして戦国時代に胸部は女性の魅力として重要視されていたのか？　と考えると疑問です。ファッション的には体の凹凸はなるべくない方がいい寸胴イズザベストな感じだったと思うのですが、実際どうだったのでしょう。

腰を絞って胸やお尻が強調される西洋的ファッションが流入し、あちらの価値観、嗜好が浸透する前までは、赤ちゃんのごはん的な位置づけ以上ではなかったかもしれませんね。

しかし大きいものはいいものだ。

最後に、この本をお手にとってくださった皆様、素晴らしく魅力的な挿絵を描いてくださった斑目《まだらめ》りん先生、いつも真摯に仕事をしてくださる担当のYさま、本当にありがとうございます！

またの機会にお会いできることを願っております。

この本を読んでのご意見・ご感想をお待ちしております。

◆ あて先 ◆

〒101-0051
東京都千代田区神田神保町2-4-7 久月神田ビル
㈱イースト・プレス　ソーニャ文庫編集部
丸木文華先生／斑目りん先生

のろいがみ

2024年4月6日　第1刷発行

著　者　丸木文華《まるきぶんげ》

イラスト　斑目《まだらめ》りん

装　丁　imagejack.inc

発行人　永田和泉

発行所　株式会社イースト・プレス
〒101－0051
東京都千代田区神田神保町2－4－7 久月神田ビル
TEL 03－5213－4700　FAX 03－5213－4701

印刷所　中央精版印刷株式会社

ISBN 978-4-7816-9767-3
定価はカバーに表示してあります。

Sonya ソーニャ文庫の本

『孤独な女王と黒い狼』　春日部こみと

イラスト　篁ふみ

Sonya ソーニャ文庫の本

『狡猾な被虐愛』 葉月エリカ

イラスト 藤浪まり

Sonya ソーニャ文庫の本

『鬼の戀《こい》』 丸木文華

イラスト Ciel